U0023041

我那熱愛土地的雙親

劉洪貞 著

阿爸阿母數十年來，和泥土為伴，以大自然為師，從種作中感受天地萬物生長的喜悅，也享受著春耕、夏耘、秋收、冬藏的樂趣，雖然辛苦，卻是那樣的滿足和幸福。

推薦序

晴耕雨讀是流風

台南市政府顧問　劉省作

「兩件事耕田讀書」是農家常見的聯語。即用以表述主人家的澹泊、專注，也訴說著千百年來以農立國的淳厚傳統；是維繫儒家精神與忠孝傳家的重要所在。

猶記得幼年時候，勤勞的美濃鄉親，終年總是勞碌不休。放晴的日子，田間農事，從春節前後收完紅豆、黑豆、玉米、地瓜、菸葉等等雜糧作物，緊接著便是放水犂田整地堅固田埂，為春耕的播種、插秧做準備；其間，在畸零的空地上，也種些自家需要的瓜果蔬菜，時不時地拔草施肥，或在家養些禽畜用以打牙祭或貼補家用，都是很費神的事。忙碌四個月左右，若風調雨順，便可順利收成；緊接著，又得為第二期稻作的育種等等工作，再次努力奔走。由於二期稻作適逢多雨的颱風季節，農家在忙碌之餘，尚須多份擔心；如此辛勤耕耘，入得深秋，就看老天爺恩賞多少；才是真正的收入。此時馬不停蹄的鄉親們，又忙著整地為入冬的雜糧作物，做相關的準備工作，這就是農家週而復始，年復一年的真實寫照。

記憶中，鄉親們每天總有忙不完的農事，只有生病的人可以不用下田；就算是上班的人，下了班，衣服一換，還是下田勞動，從沒聽過有休假這件事。農人們，晴天本來就有既定的工作，下雨天穿著蓑衣下田也是常景；但是，若逢雷雨季或雨勢太大，則農人們會暫時放下田裏的工作，回家修農具、編草鞋、縫補衣物，或做些可以貼補家用的事；讀書此時自然也成為一個選項。所以，晴耕雨讀並不是某些人的專利，它一直是維繫農家傳統與宗族團體的深沉基因，深植在農業社會，是鄉親們安身立命事親育下的根本。

家姊天不亮做好家務，就準備去市場做生意；到了下午二、三點回到家，又忙著去補貨，或是去協助夥伴處溝通意見，取回物件；晚上忙完例行的事，再利用空暇整理思緒，寫寫文章。文章常常不是一次可以完稿，那就找時間繼續未完的部分。颱風天或下大雨的日子，可能沒辦法出門做生意，而這常常就是寫文章的好時節。細數這些，正與農家傳統的晴耕雨讀一脈相承；農人們的忙碌，換來一季的溫飽；家姊的善用零碎時間筆耕，集結成了這十來本書。都是耕耘，俱見實績。又逢新書付梓，謹申祝福。

自序

樂在不言中

劉洪貞

又再一次地收到從報社轉來的讀者來信，對方告訴我二十多年前，她就常在報紙上看到我的文章，因為喜歡而剪貼珍藏。沒想到二十多年後，還會在報上閱讀到同一個人的文章，很驚訝也很高興。儘管彼此都不認識，卻有久別重逢的喜悅，所以特別來信鼓勵和問候。

每次收到這樣的信，我除了感激對方這麼多年來，一直對我這個陌生人的關懷外，也會覺得文字的力量真的無遠弗屆。只是一篇記述身邊瑣事的小文，又沒什麼大道理，卻會在某個小角落引起某個人的共鳴，那感覺真的有點不可思議。這很自然地會激發為文的動力，願意繼續地寫下去。

或許是經常會收到這些讀者的來信鼓勵，給了我無窮的力量，讓我可以不斷地創作。想想，把寫作當休閒，既可讓讀者分享，又可讓自己享受組合文字的樂趣，何樂而不為。

就這樣，在每個月都有數篇作品發表的累積下，新的小書就要問世了。在這本書中除了一些是記錄親人的互動外，也有好些是生活點滴。如〈原來牽掛也是一種幸福〉、〈一張賀卡萬種風情〉、〈老闆，我要買壞的麵包〉、〈後車箱裡的故事〉、〈婆媳共命一鍋粥〉等等。有趣的是這些文章見報後，還引來不少迴響。

有慈善機構願意幫忙〈老闆，我要買壞的麵包〉中的祖孫，希望我能提供需要的協助，好讓他們祖孫生活安定。也有讀者告訴我，她們看了〈婆媳共命一鍋粥〉很感動，就想向她們婆媳買一些粥來分享朋友，好讓對方收入增加。

從不同讀者所付出的關懷，在在讓我感受到社會的溫暖，以及文字所帶來的力量。它總是無聲勝有聲的，默默地釋放著無形的能量。

今年開春過後，全世界都被新冠肺炎病毒籠罩，許多疫情因媒體不斷地報導，讓人心惶惶。許多不得已的配套措施，也會造成生活上的不便，更糟的是有些人被迫放無薪假，甚至於在公司無法經營下，就失去了工作。

諸如此類因一場突然而來的疫情，讓一向生活安逸、沒有危機意識的朋友，因少了工作沒有了收入，使生活亂了方寸。於是我看到有人正向面對，願意彎下腰去接受不同過往性質的工作，來穩定生活。讓自己因疫情而激發了成長的能量，那感覺是因禍得福。因此我寫下了〈成長在疫情蔓延中〉，希望能鼓勵更多的人，在面對困頓時可以轉個彎，用另一種方式去克服，或許就看到陽光了。

在這段疫情嚴峻時刻，醫院的管制甚嚴，偏偏外子三度住院，讓我這個陪病者，也處處感受著醫院裡緊張的氣氛。一方面要擔心病人病情，再方面要承受疫情的壓力，那種身心被緊緊框住的無助，讓我好久好久不曾開懷地笑過。

幸好有機會看到站在第一線的醫護人員，為了病人無私無悔的努力付出，那感覺帶給我信心。也看到在疫情中，人性所展現的各種互助、自助的最溫暖最堅強的一面。於是有了〈孝在疫情蔓延時〉、〈那天，在醫院〉、〈一片口罩萬斤重〉、〈在重症病房時〉等篇章的產生。記下這些，只希望大家能除去心中陰霾，帶著好心情開心地過日子。

寫作就是這樣邊走邊寫，有美麗的風景、有感人的故事就停下腳步，用文字把畫面記下來，享受著創作的快樂。

一本書可以出版，需要很多的幕後推手的協助。感謝生智文化閻總編輯富萍小姐的熱誠相助；也要感謝舍弟—省作，在百忙中撥冗為我作序；還有小女麗萍的封面設計。

再次出書我還是要感謝我的父母，給了我喜愛文學的基因，讓我可以透過文字，留下許多美麗的故事來分享讀者。更要感謝所有讀者的鼓勵，為了不辜負大家，我會繼續努力。

目錄

我那熱愛土地的雙親

第二輯

神聖的承諾 75

第三輯

故事從這兒開始 139

第一輯

我和一支筆在路上

陽台的一角

我家前後的陽台又寬又長，而且陽光充足。後陽台放洗衣機、烘乾機以及晾衣服。前陽台我用來蒔花種草，因此終年都百花齊放、蜂蝶穿梭。我經常在忙完家事的午後，搬來藤椅，就在陽台閱讀書報，或塗塗寫寫。

或許是在這兒有花香相伴、微風輕拂，感覺很舒服自在，所以閱讀的效率特別好，這裡幾乎成了我的露天書房。或許是習慣常在這兒閱讀，有天我忽然突發奇想，何不在陽台的一端，弄個小書房，只要房裡有燈、有書桌，這樣我就隨時可以在這兒窩上大半天了。

既然心動了，就要打鐵趁熱。我找來木匠，把我的構想告訴他，希望透過他的專業，利用陽台的一角，幫我弄個迷你版的書房。

結果他把原木條釘成牆壁，牆壁的外面掛著不同顏色的盆景，讓它成為花牆，保持著陽台上的無處不飛花的特色。在牆裡面掛個燈又放兩排書架，書架上有我常看的周刊和雜誌，以及一些名人傳記。另外放上一個簡單的書桌和一把椅子，及一台電腦。就這樣，我有了一個迷你的小小書房。

有了小書房，我更加善用時間，享受閱讀帶來的樂趣。喜歡透過閱讀，從書中探視無垠的世界；喜歡把作者當成知心的朋友，在字裡行間中做心靈上的相互交流；也喜歡在書房裡寫下一些心情故事。在這兒不管是讀或寫，都讓我感覺它的寧靜和自在。

我常覺得書房可大可小，就看主人的需求。我的書房雖然不豪華也不氣派，更沒有藏書萬卷，但它麻雀雖小，卻五臟俱全。在這兒想閱讀或寫作，信手拈來方便之至。更因為它的小，讓我體會小而美的樂趣。

108.5.7《聯合報》

象山一片月

我常覺得住在山上的人，要比住在平地的人幸福很多，因為地處高勢，看到月亮的機會要比平地的人多出很多。尤其住在高樓林立的都市，想要欣賞明月很難，而住在山上的人就常有皓月相伴。

我家住在象山，所以只要走出門就可看到月亮。從如勾的彎彎眉月到皎潔的滿月，都能一覽無遺。

每當月兒高掛時，我會坐在山坡上，或坐在象山公園的草坪上，靜靜地看著在萬里無雲的天空裡，慢慢移動的月娘。看著那既熟悉又陌生的畫面，會想起小時候在三合院的禾埕上的情景。那時的禾埕白天曬著不一樣的農產品，夜裡就是一家大小聚集的地方。在電視還不普及的年代，全家在禾埕賞月，是農村最溫暖和樂的畫面。

每天黃昏時，媽媽要我們提幾桶水撒在禾埕上，讓禾埕降溫。晚飯後，我們在禾埕鋪上草蓆，或坐或臥地仰望天空。看著明月在繁星點點中散發著柔和的月光，老奶奶們不斷地講著七仙女和嫦娥奔月的故事，讓我們知道月亮裡住著玉兔和伐樹的吳剛。

有時媽媽會煮上一鍋菱角或玉米，讓我們打牙祭。就這樣，我們邊吃邊玩，享受捉迷藏你追我躲的趣味。大哥哥大姊姊們，在女兒牆上唱情歌。一首「月下對口」，不知唱出了多少歡樂和美滿姻緣。

如今農村人口外移，禾埕上空有一輪明月，卻少了孩子的笑鬧聲。而客居都市的我，為了一賞明月，總是把山坡當禾埕，鋪上一塊布席地而坐，同樣可以在微風輕徐的夜裡，感受月下情懷的浪漫。

雖然年代不同了，場景也不一樣了，但是對月兒的柔媚憧憬卻依舊，備感溫馨。

108.9.6《人間福報》，本文入選「詠月」徵文

碰！米香爆好啦！

傍晚，路過巷口的榕樹下，看到幾個小朋友圍成一圈。我好奇地趨前一望，看見他們正在聚精會神地看爆米香。看到他們期待的模樣，讓我想起小時候，同樣在榕樹下等待爆米香的情景。

那時候經濟環境普遍不好，小朋友難有零嘴，因此只要爆米香的阿伯騎著他的三輪車，載著木炭爐和一個用細鐵絲編的長形筒子，來到榕樹下時，沒等阿伯拿著兩個空的牛奶罐互相敲打，告訴大家要爆米香了，村子裡的小朋友就已奔相走告，請大家告訴大家這個好消息。

大家聽了連忙跑去找阿伯拿牛奶罐回家裝米，通常阿伯會準備很多個空罐子，讓家家都有機會裝米來爆米香。當小朋友從不同的家庭，送來一罐罐的米，依序地擺在地上時，也會順便把兩塊錢的工資交給阿伯。阿伯爐火生好後，就把排在最前面的那罐米倒入長筒中，再把長筒不斷地在爐火上滾動。

當米粒被烤得變大散出香氣時，阿伯會大喊一聲：「要碰啦！」當碰聲結束後，就把米香倒入竹篩裡，並加入一大杓的麥芽糖，趁熱不斷地攪拌。當攪拌均勻時，再把米香到入四方形約兩吋深的木框，經過來回擀壓使它扎實均勻後，再切成塊狀，這樣香噴噴的爆米香就大功告成了。

每次當小朋友從阿伯手中接過爆米香時，就像上台領獎一樣，既興奮又緊張地看著大家，然後開心地綻放著靦腆的笑容。

一家的爆好了再換另一家。他們通常是夫妻共同經營。丈夫負責轉動長筒並控制火候等較吃力的部分；太太負責擀壓、切塊、包裝，兩人雖沒什麼講話，但默契卻十足，分工合作，搭配得天衣無縫。

當丈夫把米香烤好時，太太就把竹篩擺好，並遞上一杓麥芽糖。當丈夫攪拌好的米香倒入木框時，太太就接下後續的工作。

此時丈夫又重新倒一罐米在鐵桶裡，開始烤第二罐。就這樣，夫妻忙上忙下，一罐爆好換一罐。小朋友個個引頸企盼，看到別家小朋友拿到爆米香的喜悅，自己除了猛吞口水之外，只希望自己家的快點輪到。

爆米香就是這樣，雖然要好久才能吃到一次，但它卻一次次地滿足了童年時期的缺乏，一次次地為我們帶來歡欣和希望，讓我們的童年，因有這份記憶而感豐富。

如今經濟環境改善，小朋友有各式各樣、各種口味，包裝精美的零嘴，讓很親民的爆米香這行業日漸式微了。

儘管如此，偶爾在街角發現有人在爆米香，我都會停住腳步。看看那曾經熟悉的過程和動作，聽聽那曾經帶給我們喜悅和滿足的「碰！米香爆好啦！」每一回總是開心地笑了，一切似乎又回到從前……

108.3.4《聯合報》

天公啊！落水唷！

因氣候暖化，所以今年的梅雨遲遲下不來，造成南台灣大缺水，稻穗因沒水灌溉無法飽滿。許多農作物因「沒雨」而影響成長和收成，讓靠天吃飯的莊稼人無語問蒼天。

那天回美濃，媽媽住的三合院門口寬敞的曬穀場被炎熱的大太陽曬得發燙，我只好牽來水管，把曬穀場灑上水，好讓它降溫，讓屋裡涼爽些。

看著灑過水的曬穀場，因溫度高而冒著熱氣，氤氳瀰漫的樣子，就讓我想起從前這時節，在這兒發生的許多故事。南部的第一期稻作，是在每年的五、六月收割，在農事還沒機械化、一切靠人工的年代，到了收割期，這個曬穀場是所有三合院裡的二十多戶人家曬穀子的地方。

雖然它比大籃球場還要寬敞，但因為住戶多，所以每家能分到的場地不寬，幸好每家收割的日子不太一樣。每天一大早，大家把割來的穀子鋪在地上曬太陽。再用木耙不斷地來回翻曬，一切順利的話，一場穀連續曬三天就可以收藏了。一家曬好換一家，有的家庭耕種多，所以需要更多天數，才能把一季的稻穀曬完。

由於收割季節正好是盛夏，常常有午後雷陣雨，也就是俗稱的「西北雨」出現。西北雨來得快去得也快，經常在午餐時，一大片烏雲飄過，馬上帶來一場大雨，此時動作要很快，才能在最短的時間把穀子收好，不被雨淋。

每次雨一來，老祖母們就緊張大聲地喊著：「天公！落雨耶！」我們一聽到「落雨耶」，不管是哪家在曬穀子，都會馬上放下碗筷衝到曬穀場，拿掃帚或畚箕幫忙，能幫多少算多少。一家的收好了，又再幫另一家，就是要讓家家的穀子都收好才能離開。從小父母就告訴我們，到了曬穀場不要猶豫，就要埋頭幫忙搶收，要與時間賽跑，免得慢了一步穀子被淋濕了，又得再曬一天。

由於西北雨變幻莫測，有時候明明是大太陽，一眨眼豆大的雨珠就如萬箭般劈啪落下，讓曬穀子的人措手不及，穀子就淋濕了。有時候看著上方有一朵烏雲，大家忙翻天，好不容易把穀子都裝袋收好了。結果幾陣風吹來，又把烏雲吹散了，只好再把穀子倒出來繼續曬。

在曬穀場曬穀子就是這樣，隨時提心吊膽，時時要注意天氣的變化，即使在吃著飯也要豎起耳朵，就怕錯失了任何一次要幫忙的機會。收穀子很辛苦，太陽大，曬得滿臉通紅、滿身大汗，偏偏穀子有細細的白絨毛，會沾在身上，奇癢無比，那種熱中帶癢、抓不勝抓的感覺，是童年難忘的記憶。雖然很辛苦，但我們從無怨言。畢竟莊稼人是靠天吃飯，必須有面對各種艱苦的本能。

自從農業機械化之後，割稻子、烘穀子，一切由機器取代，又快又省時。如今的曬穀場，再也看不到一家老小在午後搶收稻穀的緊張模樣，當然老祖母也不用再害怕天公會落雨了。

那天站在熱呼呼的曬穀場，看著穀場周邊因水分不足，一直無法彎腰的稻穗，及垂頭喪氣的農作，我好難過。忍不住地仰望上蒼，祈求天公爺爺在這緊要關頭，能下場及時雨解除乾旱，讓農作物順利成長，為農家帶來豐收。

此時，我忽然很懷念老祖母的「天公！落雨耶！」想想，這個時候要是天公能作美，不僅不會帶來緊張，而是皆大歡喜，大家都盼望的大事。

109.1《警友雜誌》

午餐中最美的風景

前幾天在整理相簿時，忽然看到小學時的幾張泛黃照片，其中一張是小三時和同座的阿美姊弟一起照的。看到照片中他們姊弟憨憨的模樣，讓我想起了一段小學時午餐的情景。

那年剛升上小三的我們，開始要上全天課，所以大部分住家離學校比較遠的同學，都要帶便當。還記得開學後沒幾天的早上，和我同座、個兒矮小的阿美，吃力地背著兩歲大的弟弟，在鄰居阿嬤的陪同下，來到教室找老師。阿嬤告訴老師，阿美的媽媽因難產走了，留下四個幼子，她爸爸要做工，無暇照顧他們。

阿美是老大，另外有三個弟弟。六歲和四歲的暫時寄養在親戚家，最小的阿弟仔只有兩歲，長輩們要阿美不要上學了，就在家裡照顧弟弟。阿美不從，執意要上學，願意邊照顧弟弟邊上課。

阿嬤希望往後老師多擔待，畢竟阿美是個好孩子。老師聽了向阿嬤點點頭後，就牽著阿美進了教室。

從那以後，阿美天天背著阿弟仔到學校。阿弟仔很乖，很少吵鬧，不是在阿美背上睡覺，就是自己在教室外玩堆石頭。每天午餐時，姊弟倆一高一低地坐在走廊的門檻上。阿美拿著便當，一小匙一小匙地把飯菜拌勻，再放入弟弟嘴裡。有時弟弟吃著吃著就哭鬧時，阿美會邊安撫邊逗他。捏捏他的小臉蛋、搔搔他的腳底，弟弟笑了她也跟著笑。那開心的笑，讓兩張稚氣的臉蛋洋溢著幸福。

有時餵到一半阿弟仔就睡著了，嘴角還流著口水。此時阿美會把他抱入懷裡，拉著衣角幫他把嘴角擦乾淨，然後安心地在他臉頰親一下，再把他背在背上。把弟弟打理好，自己再把剩飯吃完。阿美雖然年紀小，但舉手投足間的動作乾淨俐落，像經驗豐富的小媽媽。那種對弟弟無微不至的呵護與疼惜，把手足之愛發揮得淋漓盡致，讓我們很感動。

阿美就是這樣，每天姊代母職地照顧弟弟。當阿弟仔慢慢長大時，阿美不再背他，但阿美還是每天牽著他來上學。他有時坐在阿美旁邊，跟我們一起上課，有時坐不住，就在校園裡撿樹枝在地上畫畫自得其樂。

小六時，阿弟仔已經上小一了。在校園裡，我們經常會看到已經長高的姊弟的身影。由於阿弟仔和我們「同班」幾年，同學們也都把他當弟弟、當同學，大家彼此感情融洽。

由於阿美很用功，成績一直很優秀。雖然她的家人希望她小學畢業後，不要再升學，就在家裡幫忙農事，但是阿美不從，她想要繼續念書。老師知道後，特別去她家幫她求情，讓她有機會繼續升學。結果她很爭氣，初中畢業後，又考進師範學校。師校畢業後，她服務於教育界，直到退休。

阿弟仔也不讓姊姊專美於前，他以姊姊為榜樣，用功讀書，升學之路一帆風順，讀完師大後，從事教育工作。由於他很有繪畫天分，畫風獨樹一幟，所以也是一位有名的業餘畫家。

沒想到日子過得這麼快，這一晃五十多年就過去了，看到舊照片就懷念起當時每天午餐時，他們姊弟用餐的情景。雖然時日已久，但那溫暖的畫面依然清晰，如今想來心中依然溫暖。

很高興有機會和他們姊弟同學數載，因為從他們姊弟的互動中，我看到了長姊如母的阿美，是多麼用心地照顧弟弟。而那種血濃於水、手足情深的慈愛，也讓我們看到人間最感人的風景。

我的童年也因為這幅溫暖，多了一份美好豐富的記憶。

108.1《警友之聲》

一棵祈禱樹

這幾天又看到巷口的林大嬸，拄著拐杖四處在散步了，看到她從鬼門關繞了一圈，又回到家裡，讓全巷子的人都為她祝福。

約三個月前，八十多歲的林大嬸因洗澡時不小心滑倒撞到後腦勺，送醫急救時發現昏迷指數很低，醫生表示病情不樂觀。林大嬸沒有親人，是獨居老人，身邊有位印尼移工阿蘇在照顧她。

或許是林大嬸年紀大了，又生性孤僻，所以常常對移工阿蘇不友善。儘管如此，阿蘇還是把她當親奶奶，把她照顧得無微不至。她覺得老人家都會這樣，有時候像小孩一樣會鬧情緒的，所以她不在意。

林大嬸住院時，阿蘇特別買了一棵約兩尺高的綠色塑膠樹，擺在病床旁邊，她稱它是「祈禱樹」，希望來探病的親友，都能寫上祝福的卡片掛在樹上，共同集氣讓林大嬸早日康復。

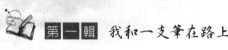

阿蘇的用心，不僅讓親友們感動，連醫院的護理人員和志工，也紛紛響應，加入寫卡片幫林大嬸集氣的行列。由於林大嬸沒什麼親友，所以掛在祈禱樹上的卡片沒有幾張。阿蘇看到這情景很擔心，怕集氣的力量不夠大，對病情沒有幫助，所以特別請鄰居們幫忙，大家一起來幫林大嬸祈禱。

鄰居們看到阿蘇的護主心切，不僅願意寫卡片，有的老奶奶是虔誠的佛教徒，還特別去廟裡求菩薩保佑林大嬸。

或許是大家的真誠感動了天，林大嬸的病真的奇蹟似地一天天好起來，住院一個多月後就康復出院了。回家後經過阿蘇的細心照顧，她的健康慢慢恢復，現在已經可以到處走走了。

或許是在她生病期間，看到阿蘇為了她的病情特別憂心，還買來祈禱樹請大家幫忙寫卡片祈禱，讓她很感動。如今她不像過去對阿蘇不友善，現在是親如母女，鄰居們看到這樣的結果，大家都很開心。

108.3.15《聯合報》

一張賀卡萬種風情

我一直覺得自己是最幸福的人，在人人都以手機傳訊息，不以手寫卡片郵寄的今天，我還可以在每年元旦時刻，收到舍弟省作寄來的賀年卡，讓一張小小的賀卡，為我帶來滿滿的祝福，真讓我感動和感謝他的貼心。

記得念小學時，每年的聖誕節，我都會收到同學寄來的各式各樣超級可愛的賀卡，絕大部分的賀卡上都有印著應景的圖案，例如：有穿著紅衣、紅帽，背著一個大袋子，留著長長鬍鬚的聖誕老公公；也有整片的聖誕樹，樹上還掛滿了小紅帽、小鈴噹、小星星、蝴蝶結，及各種大小不同顏色的彩球的聖誕飾品。它不僅讓聖誕氣氛發揮得淋漓盡致，而且非常的討喜。

還有一種是以北國風情為主，在皚皚的白雪上灑滿了五顏六色閃亮的金粉，那景象讓當時還沒見過雪景的我特別嚮往。多麼希望有那麼一天，能站在下雪的地方，看著雪花如剉冰般，慢慢地從天空飄下來。

或許是我是女孩，寄卡片給我的也大都是女孩，所以卡片上的主題都以風花雪月為主。儘管如此，偶爾我還是會收到和標準信封一樣大小純白色，上面有同是白色浮印的梅花、竹子、白鶴、桃花、燈籠等等的吉祥圖案，再印上紅色燙金的「恭賀新喜」字樣。

每次收到這些各式各樣的賀卡，我除了感謝也很高興。但是又想到從無零用錢的自己，怎麼會有能力買一張五毛錢的卡片，加上一毛錢的郵票，來回送同學呢？

每當這個時候，阿爸會幫我找來有點厚度的白色圖畫紙，再把它裁成明信片般大小，然後在賀卡的一面寫上一些祝福的話，並寫上某某某鞠躬。一面寫好了就翻個面寫上收件人的住址和大名，及我家的地址，就這樣一張最陽春的手做賀卡完成了。

雖然我的賀卡沒有繽紛的色彩，但是有我最衷心的祝福，每一張都是我們父女共同完成的，獨一無二，市面上買不到，同學收到了都好開心。每年我除了送賀卡給同學，也會送給老師。老師收到後很驚訝，他認為自己能做出有創意的賀卡非常有意義，所以也鼓勵同學大家一起來做賀卡。

就這樣，在老師的鼓勵下，上勞作課時大家都學作賀卡，聖誕卡、生日卡、母親節的祝福卡。由於每個人的喜好或專長不一樣，所以五十位同學做出了五十種大大小小、無奇不有的賀卡。

愛畫畫的同學在賀卡上畫著自己喜歡的圖案，不管是動物或花草都栩栩如生，人見人愛。愛剪紙的同學用不同顏色的彩紙，剪出不同的圖形，如「春」、「福」或「吉祥如意」，再把它貼上去。

有的同學就在賀卡上直接寫滿了祝福的言語，字有大小也有歪斜，工整度雖不足，誠意卻十足，令人感動也發出會心一笑。

在資訊不發達的年代，逢年過節時，大家都會寄上一份賀卡，給遠方的親友，聊表問候和祝福之意。有人喜歡自己設計製作；有人為了方便就買現成的，只要在賀卡上簽個名，就算盡心了；有人或許是要送的親友特別多，連名字都不簽，直接就印在賀卡上，這情形有人認為不夠真誠。

雖然寄賀卡的方式很多，但是我還是給予肯定。畢竟任何方式的出發點都是善意的，就是要給對方虔誠的祝福。

我很慶幸有個用心的弟弟，每年他都捨棄便捷的網路，用郵寄的方式把關懷和祝福，透過卡片來表達，讓我收到的不僅僅是祝福，還有滿滿的溫暖。

109.2《警友雜誌》

一碗地瓜粥

女兒同事的父親從嘉義寄來一箱「台農57號」的黃色地瓜，因它很甜又鬆軟好吃，所以分享給所有的同事。

記得小時候因物資缺乏，三餐經常以地瓜果腹，因為天天吃，日子一久就吃怕了，所以長大後我不再吃地瓜。那天拿到地瓜，我感覺既熟悉又驚喜，因為現在的地瓜，在瓜農不斷地改良和栽培後，比起以前的地瓜，不僅長相好而且品種多，每個品種都有它的特色。黃心的甜度高，紫心的質感鬆軟還帶點香氣，白心的質感較硬纖維卻多。

大概太久沒吃地瓜了，看到地瓜忽然好想吃地瓜粥。於是去皮後把它切成小塊，和一撮紅豆及一把米一起煮。所以會這麼搭配，是我想起在我六歲時，因出麻疹三、四天高燒不退，每天只喝一點點用麻草根和甘蔗頭煮的開水。

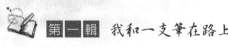

由於一直都沒吃東西，所以虛弱得連眼睛都睜不開。父親看了不忍心，有一天他把地瓜切成小塊，加紅豆和白米熬了一小碗粥，用小湯匙慢慢地餵我。聽說出麻疹不僅皮膚上有疹子，連眼睛、鼻子、喉嚨都有，因會癢還會痛，所以造成我吞嚥上的困難。

我有氣無力吞得很慢，但父親總是又哄又騙的，只希望我能多吃一些，好恢復體力。他用小湯匙舀起碗裡的粥，先把它放在嘴邊吹涼後，再放入我嘴裡。我很努力地吞著又香又稠的地瓜粥。每吞下一口父親就會說：「妳真乖。」

就這樣，父親每餐會熬一碗粥，然後把我抱入懷裡，慢慢地餵我。從第一次約只能吃兩湯匙，到後來一餐能吃一碗，我的體力就慢慢恢復了。從那以後只要看到地瓜，我就會想起在父親的大臂彎裡，吃地瓜粥的情景。也是從那次以後，我才體會出平時沉默寡言、滿臉嚴肅、看似難以親近的父親，也有他溫柔和藹的一面。

由於對父親的印象改變了，從此我不再躲著父親，上學時遇上他我也會上前打招呼，我們父女不再像過去很陌生，變得很親近。沒想到一碗地瓜粥，拉近了父女的距離，而自從父親過世後，我不再吃地瓜粥，我怕睹「瓜」思人。

那天我用父親用的食材煮地瓜粥，卻煮不出父親煮的味道，讓我很失望、很難過。我吃著少了父愛的地瓜粥，思念父親的心又油然而生，吃著吃著不知何時，忍不住的熱淚已悄悄地掉入碗裡。

108.3.29《人間福報》

外婆的味道

那天女兒臨時打電話回來，要我準備三個便當。我做了三道菜之後，怕菜色太少，我又用上次回娘家時，媽媽給我的蘿蔔乾，煎了一盤菜脯蛋。

晚餐時，女兒把裝便當剩下的菜脯蛋拿來配飯。她才吃第一口，就說：「這個菜脯又香又好吃，但是很奇怪，怎麼吃不出您媽媽的味道呢？」我問她少了什麼嗎？我用的材料都和我媽媽的一樣啊？「我也說不上來，就是和外婆煎出來的味道不一樣。」她說。

我知道以前還在當學生時，每年暑假一到，她就回美濃外婆家度假。那是鄉下地方，買東西不大方便。媽媽每天要下田種作，所以三餐都吃自家種的農產品為主。家裡有養雞，又曬了很多蘿蔔乾，所以吃菜脯蛋很方便。或許她吃多了，已經吃出味道來。

那天聽她說我煎的菜脯蛋少了我媽媽的味道時，我立馬撥電話給媽媽，想問她我是哪個環節不對，為什麼同樣的材料，會煎出不同的味道。媽媽聽完我的細訴之後，馬上說：「妳確實少了一道乾炒的手續，因為蘿蔔乾洗後還有水分，要放入鍋中把水分炒乾，才會逼出蘿蔔乾的香氣，多了這份香氣，煎出來的菜脯蛋就特別好吃。」

知道這個秘密之後，前晚我再煎菜脯蛋時，就照著媽媽的方法，結果女兒一入口就說：「耶！這就是外婆的味道呀！就是這個香氣。」那晚我們邊吃晚飯，我邊告訴她煎菜脯蛋的流程。她猛點頭表示，回家後要試著煎煎看，若煎成功，要送一盤給住在附近的婆婆嚐嚐看。

沒想到才隔一天，我就接到親家母來電，八十多歲的她，一再地讚美女兒煎的菜脯蛋有多香、多下飯。

記得我曾問媽媽，為什麼會想到先把菜脯炒乾後再煎蛋？九十七歲的她頓了一下說：「是我媽媽教我的啦！」我哦了一聲說：「原來是我外婆教您的。」

如今想來真有趣，我外婆把煎蛋方法傳給我媽媽。我女兒的外婆再傳給我女兒的媽媽，就這樣一代傳一代，讓菜脯蛋的香味一直飄著。

108.9.23《人間福報》

原來牽掛也是一種幸福

外子最近因細菌感染住進醫院已一個月了，因為病況的療程是一段一段的，一個療程結束後，病情若無轉好，就得換下一個療程，換句話說，三五天之內不可能出院回家。由於我工作忙，無法天天二十四小時跟在他身邊，於是我請了看護幫忙。

雖然有看護整天照顧，可以讓我放心工作，但是不知為什麼，我的一顆心老是牽掛著病人，總覺得自己不在身邊，萬一有什麼事怎麼辦？病情會不會有意外的狀況？有時連手機響，第一個反應就是：會不會是醫院打來的？反正整天想的都跟病人有關，讓我心神不寧、難以好眠。

或許是這些日子以來，病人的事讓我心力交瘁，那天在醫院門口，忽然遇見一起當志工的陳姐，她看我走得匆忙而且神情憔悴，忍不住地拉住我，問我發生了什麼事。我把這陣子來所遭遇的一切，大概說了一下，並表示自己扛著很沉重的壓力，好累好累，說著說著我就說不下去了。

沒想到她聽完兩手一張，給了我一個大擁抱，並拍著我的肩膀說：「要相信，有時候牽掛也是一種幸福，因此有得牽掛時要珍惜。」當時滿臉憂心的我，並沒有很明白她的意思。

幾天後她透過簡訊告訴我，她的先生兩個月前，在餐桌上不小心被牙籤刺傷，就這樣因細菌感染引起敗血症，前後一個星期，連再見都來不及說，就從人間消失。這個突然而來的變化，不僅結束了她五十年的婚姻，而且讓她措手不及、難以面對。畢竟上天連個讓她牽掛的機會都不給了。

知道她的故事後，我發現我比她幸運多了，至少還有個人可讓我牽掛。此時我忽然覺得這些日子來緊繃沉重的肩膀，不知道什麼時候變輕了，也終於體會出，有時候牽掛也會是一種幸福的道理。

109.1.15《人間福報》

是大家幫忙的結果

「鍾伯伯近況不錯哦！」、「劉姐啊！鍾大哥走路越來越穩了，有進步。」、「爺爺最近會笑了。」每次聽到鄰居們對我說著近來外子的轉好狀況，我都會懷著感恩的心說：「這些都是大家幫忙的結果。」

近兩年來八十多歲的他，因平衡度不好，被醫生列為摔跤的高危險群。為了讓他走路多些安全，我鼓勵他出門時要拿拐杖，因為拐杖的支撐力很高，如同替自己多了一隻腳，在抬腳往前移動時，可以穩住重心，可以降低摔跤的風險。

儘管我好話說盡，並把拐杖準備好，想要陪他到屋外走走，他就是不願意離開沙發。我告訴他：醫生說過一個老人只要七天不走路，肌肉會萎縮很快，到最後就站不起來，摔跤的機率更高，他還是無動於衷。然而我就是不放棄，就在我不厭其煩、再三地勸說下，他終於說出不想拿拐杖的原因，原來他怕拿拐杖走路，會被鄰居笑。

知道他的心理障礙後，我努力地想方設法來克服。每天早晚陪他散步時，如果遇到鄰居，我會上前暗示他們幫我忙，往後遇上他時，請給聲「鼓勵或讚美」，讓他有信心不再排斥拿拐杖。就在鄰居們熱心相助下，他放下戒心，從每次看到鄰居就想躲不想走，吵著要回家，到慢慢地願意多走幾分鐘，我已經看到了成果。

就在一聲聲「伯伯早！」、「爺爺氣色真好！」中，他慢慢地適應拐杖的重要，願意拿拐杖出門，而且不需要我在身邊作陪。為了增加他的信心，他每次從外面回來，我都會問他：「今天有遇上誰呀？」此時他會開心地告訴我：32號一樓的周先生常握他的手，拍拍他的肩膀，還比了一個大拇指；樓下的師父說他比以前勇健多了……。看他高興地說著，來自鄰居們的鼓勵時，我很感謝鄰居們幫了我大忙。

很高興他的改變，相信在鄰居溫暖鼓勵下，因摔倒已經坐過四次救護車的他，能平平安安地過日子，不再浪費社會資源。

108.11.12〈中華副刊〉

成長在疫情蔓延時

阿秀的兒子雖然結了婚，因為和阿秀夫妻同住，生活上的開銷都由阿秀頂著，所以小夫妻每個月的薪水都用完，成了最典型的月光族。

由於沒有任何危機意識，身邊沒有任何存款。最近因疫情的關係，夫妻倆都在放無薪假，沒有收入。兒子想抽菸、媳婦想去洗頭都要找阿秀伸手。一次兩次過後，夫妻忽然覺得事情怎麼會變成這樣，上班好幾年了居然身無分文，連個買飲料的銅板都沒有，每天都得找媽媽要錢，面子真的掛不住。一天兩天也就算了，偏偏兩個月都過去了，卻還沒看到復職的跡象。

小夫妻這才緊張，希望能找個工作先做做，至少賺個零用錢來花花。因經濟太不景氣了，要找到合適的工作很難，於是要左鄰右舍幫忙打聽一下。

沒想到才兩天，樓上阿木嬸兒子的清潔公司，需要兩個到菜市場清運垃圾的工人，每天從中午十二點到晚上八點，休假是配合菜市場的運作，月薪三萬元。

一開始小夫妻很掙扎，因為搬運垃圾需要體力，還要耐得住惡臭，算是粗重的工作。儘管如此，小夫妻經過考慮後，答應願意試試看。

一開始阿秀跟著去幫忙，讓小夫妻慢慢適應，沒想到小夫妻彎得下腰、吃得了苦，一個星期後就不用阿秀幫忙了，夫妻倆認為他們可以。

就這樣兩夫妻開始了和他們過去上班不一樣的方式在工作。從開始的排斥，到慢慢接受，到可以勝任，是吃了不少苦頭。畢竟這樣的工作要有堅強的毅力和耐力才行。

如今一個多月過去了。夫妻倆領了薪水，還把一半交給阿秀當作孝親，這動作讓阿秀高興得不知所措，直嘆兒子媳婦終於懂事了。她沒想到一個疫情會改變兒媳過去不實際的想法。而變得願意腳踏實地努力工作，對兒媳一夜之間就長大的感覺，她很慶幸也很開心。畢竟這太突然、太難得了。

109.5.9《中華日報》

在重症病房時

這陣子因新冠肺炎的蔓延，讓人心惶惶，大家除了勤洗手、戴口罩之外，都盡量少出門，希望把防疫工作做到最好，這樣可以利人利己。

雖然每個人都希望保護好自己，不要在這關鍵時刻身體有狀況，免得要看醫生，讓醫護人員更忙碌。但是很多的時候家裡的老人，因抵抗力差，難免會有偶發狀況發生，讓人措手不及，不得不到醫院就醫。

前幾天的傍晚時刻，正要吃晚餐時，外子忽然站不起來，滿臉蒼白，手腳冰冷，連忙送醫急救。

由於是非常時期，醫院除了例行的一般病例問卷，還包括近兩星期有無出國，或家人有否出國，以及近日有無發燒或咳嗽情形，然後量體溫、血壓。醫院對病人如此小心，對我這個陪病的人也是一樣，希望做到滴水不漏，來維護全民健康。

因病情來得突然，而且心跳只有四十上下，血紅素只有五，醫療團隊為了釐清病情，又是抽血，又是照X光，希望透過各項檢查來查出病因，好對症下藥。

由於他的病情複雜，需要不同儀器來輔助，所以從急診室轉入重症觀察區。因心跳慢，所以點滴滴的速度不能快，又因血紅素低，必須輸血，於是兩隻手都扎著針，他想翻個身都不方便，加上整屋子滴滴答答的機器聲，他氣得大發脾氣。

他不斷地吼著要尿尿，拼命地搖晃病床欄杆，要爬起來把機器關掉。對於他的失控，醫護人員還是和顏悅色，忙著幫他處理因動作大而造成輸血針掉落，必須重新裝好，還要換掉沾滿血跡的床單。整個晚上就讓這些醫護人員忙翻天。

連續兩個晚上他都這樣盧，但醫護人員還是懷著愛心和耐心，無怨無悔努力地付出。

在重症區住了兩晚後，病情好轉，就轉入一般病房。要離去時我特別送上一張卡片，感謝他們的不眠不休，才換來外子的康復。儘管那再造之恩不是簡短的幾個字可以表達的，但是我還是獻上最深的謝意。

109.4.1《人間福報》

我和一支筆在路上

這幾天忙著整理即將付梓的第十一本散文集，翻閱著剪貼簿上，發表在報章雜誌的作品，真是百感交集、有笑有淚。想著這些曾經是自己一個字一個字組合而成的生活小品，居然可以呈現在讀者面前，那感覺讓我心中燃起小小的喜悅和信心，並希望能夠繼續。

回想這些年來，因工作的關係，雖然每周只有一天的休假，但為了寫下身邊的悲喜，以及許多的生命故事，總是利用零碎的時間，把所見所聞大約記下，再利用臨睡前卸下俗事後的空檔，把它重新整理。在整理的過程中，難免加加減減，有的段落太長要減字，有的部分句子說服力低要加強。經過不斷地修改，能完稿最好，隨時可以寄出。若無法成章就留著，等到機會成熟時再把它完成。

為了要寫點東西，我身上都帶著記事本，等車、坐車，或陪外子看病時，我都隨時可記下一些見聞，有時三五行，有時一整頁。儘管我記下的點滴不一定用得上，但是我深信有一天我會用到它。畢竟沒有用不到的經驗，只是早晚而已，就看機緣巧合。另外，我確信很多的意念和觀感，若沒有隨時記下，便稍縱即逝，有時候一旦忘了，就是怎麼也想不起來，所以必須要養成這樣的習慣，來幫助自己以防萬一。

除了勤做筆記之外，我是愛閱讀的，身上隨時都帶著一本書，得空時翻一翻。總覺得閱讀既可打發時間，又可讓自己長點知識，是報酬率很高的投資。尤其是無意中看到一篇好作品，從書中得到啓示時，那種意外的收穫會讓我很開心，還會有相見恨晚的感覺。

除了閱讀紙本書，我也喜歡透過網路，閱讀不同作者的作品。因為同樣的主題會因為不同的作者、不同的人生經歷，而有不同的詮釋。在閱讀的當下，會發覺同樣一件事，因有不同的角度的表達，而產生了很多有趣的事，還頗耐人尋味哪！

朋友常問我，經常投稿會被退稿嗎？我的答案是肯定的。我曾經有十分鐘之內，被連退兩稿的紀錄。當然偶爾運氣好，也有同一天有兩篇作品在不同的報上登出的情形，我想這也許就是寫作令人著迷的地方吧！儘管常被退稿，我也從不灰心或放棄，我反而很珍惜被退稿的機會，因為這樣我才會重新審閱退稿，重新修飾，賦於它新的生命後，再幫它找到另一個適合刊出的園地。

記得多年前，我把被甲報退回的稿子，經過重新潤飾後，再投給乙報，結果真的被乙報刊出來。文章見報後，又被《讀者文摘》發現又轉摘。後來《讀者文摘》還翻譯成十七個國家的文字，在不同國家刊出，讓更多的人看到。所以基於此，我不會任意捨棄退稿，因為那是自己努力的心血，也是屬於自己的智慧財產。

或許得空的時候，我能靜下心來耐著性子，把每篇作品盡量修改到自己滿意，也利用修改的過程來磨練鈍筆，所以多年來已養成寫作的習慣。忙完家事就寫寫東西，無所求，無壓力，邊讀邊寫，倒也樂在其中。

一些認識我的讀者，經常喜歡稱我是作家，去演講時，主持人也喜歡以作家的身分來介紹我出場，每一回我都很認真地說：「我還沒到家，還在路上繼續努力……」每每此話一出，讀者都不吝給予掌聲，給我鼓勵和溫暖，讓我很感動，也給了我繼續前進的動力。

108.12《警友雜誌》

一片口罩萬斤重

我始終覺得，禮物不管是否貴重，只要送得貼心，讓受惠者得到最高的實用價值，那就是最好、最貴重的禮物了。

這陣子因新冠肺炎疫情蔓延，大家為了防備，除了勤洗手、不到人多的地方聚集之外，就是戴上口罩來預防。

由於台灣大部分的口罩都靠外銷進來，一時之間需要大量的口罩時，光靠台灣的產量是供不應求的，於是全台都在搶買口罩，有錢也買不到。家裡只有兩個老的住，每次去西藥行排隊時，都因人太多而錯失，後來一直沒去買。

前兩天鄰居張太太忽然送來幾個，讓我們應應急。原來退休後的她，一頭栽進社區大學，學畫、學書法、學烹飪、學裁縫……只要有課就去上，日子一久也學會不少手藝。

如今疫情當前，大鬧口罩荒，她靈機一動，忽然想到自己多少會點裁縫，何不利用這個機會，買些材料做些口罩分送親友。或許不是專業，做不到多完美，但是只要戴上它，防疫功能一定有的。

很快地她把想法化成實際行動，買來鬆緊帶、選擇優質的棉質布料，然後裁剪、車邊、做記號、打摺、燙平，再車縫。就這樣，一片片漂亮實用的口罩出現了。她先分送還沒買到口罩的鄰居長輩，把多餘的再分送給需要的人。

由於她從採買、設計到車縫，都是一人作業，加上它費工費時，所以每天產量有限，她希望大家先分著用，先解決燃眉之急。

那天當她把做好的口罩送上門時，我感動得說不出話來。心想，是怎樣的菩薩心腸，讓她有這樣普渡眾生的善念，做出這麼有意義的善行。

很感謝她的愛心，讓我在最需要的時候，獲得這麼珍貴的禮物。

109.3.6《人間福報》，本文入選「禮物」徵文

耐心靠磨

小時候常聽長輩們說：「一個人的耐心要靠從小磨練，等長大了再來磨，往往事倍功半，有一定的困難度。」

每次經過樓下張家，就會看到張奶奶陪著四歲和五歲的孫子，忙著在做些小工作。

這幾天天氣熱，傍晚時分太陽還是亮晃晃的。她會在院子放兩個裝滿水的大澡盆，並擺上幾雙不同顏色的拖鞋，給小兄弟每人一個小刷子，讓小兄弟邊玩水邊刷拖鞋。兩個小蘿蔔頭，雖然泡在水裡很開心，但是卻沒用心地刷拖鞋，刷沒幾下就離開水盆，在院子裡追逐玩打水仗。

張奶奶就是這樣，為了要磨練小兄弟，總是不斷地找機會，用不同的方式，來訓練兩個小兄弟的耐心。有時是洗玩具，有時是洗他們自己的小褲褲，或小毛巾、小手帕之類的小東西。小兄弟雖然洗不乾淨，需要張奶奶再重新洗一遍，但是張奶奶認為，從小讓他們學會洗洗自己的衣物，一旦養成習慣，長大後再做這些事就輕而易舉。

她不僅讓孫子在玩水時，順便洗刷一些他們自己的日用品，有時也會把一小桶紅綠參雜的豆子，讓他們把不同顏色挑出來。由於小豆子滑滑不容易撿，小兄弟撿沒幾顆就不想撿了，吵著要看卡通。此時張奶奶會坐下來，一邊講故事一邊陪著他們撿。有時她會拿來畫本和蠟筆，讓他們隨心所欲想畫什麼就畫什麼，或許是沒有什麼主題，所以他們想到什麼就畫什麼，有時他們的創意會讓大人瞠目結舌。有一回大孫子畫了一個垂直的樹，樹上還有大小點點。奶奶問他那是什麼，他答：「那是我種的蘋果樹啦！以後媽咪就不用買蘋果啦！」他的天真逗得大家笑哈哈。

小孫子也不惶多讓，畫了兩個大小不同的帶線圓圈。問他這是什麼，他比手畫腳說：「長大後要把它戴到耳朵上，這樣就可以當館長上電視了。」才那麼一丁點大，就說出這樣的話，真是一語驚嚇身邊人。大家不得不承認媒體的力量，真是無遠弗屆，連這麼小的小朋友，也會受影響。

雖然小兄弟還小好動，定力又不夠，更沒耐心，但是張奶奶還是陪著他們邊做邊玩，給予機會教育，只希望能在過程中讓他們培養一些耐心。

張奶奶表示，孩子像一棵幼苗，只要用心導引，就可以正向地往上成長。孩子也像一張純淨的白紙，每個父母在這張白紙上抹上什麼色彩，所呈現出來的結果是不一樣的。

她從暑假的第一天開始，每次要倒垃圾時，就把小孫子叫過來蹲在地上，教他們如何作垃圾分類。一開始小朋友都沒耐心，隨便把塑膠或玻璃、紙類混在一起，就算交差了事。此時她會連哄帶騙的，把垃圾的分門別類一再示範。約兩個星期之後，小兄弟對垃圾分類已有少許的概念。接下來還會搶著要做，讓她從他們的小動作中看到一些成果。

小朋友好動、沒耐心是正常的，做家長的要培養他們的耐心需要堅持，必須不厭其煩地持之以恆。靠著不斷努力和溝通，把孩子的耐心一磨再磨，直到磨成習慣為止。

其實，一個人要養成耐心的習慣是不容易的，能夠越早培養越好。畢竟好的習慣可讓人終生受用。當父母的可要在這方面大量投資，因為它的報酬率是難以估計的，很值得。

108.10《警友雜誌》

只能意會，難以言傳

每次朋友找我聚餐，我沒法赴約時，她們一定會半開玩笑說：「妳已經夠忙了，還在寫什麼東西，不嫌累嗎？」每一回我都笑著回答：「還好啦！」其實若問我為什麼喜歡塗塗寫寫，我只能說：「那感覺只能意會，難以言傳。」

由於常有文章見報，許多認識我的朋友常會告訴我，他們因為看了我的某篇文章後，而改變了一些言行。例如，我曾寫過一篇〈兒子啊！你忘了回家的路嗎？〉，內容是敘述一位當兒子的，平時都以工作忙為藉口，一年難得回家看父母幾趟，總是想過些日子再說吧！就這樣一年過了一年。

有一年他父親病重，當他回到家時，趕緊握著父親的手，想和父親說話。沒等他開口，父親卻氣若如絲地說：「兒子啊！你忘了回家的路嗎？怎麼那麼久沒回家。」這是父親留給兒子的最後一句話，讓兒子遺憾終生。

之後，有位先生看到我就表示，他跟文章裡的兒子一樣，總覺得跟父親沒什麼話說，所以很少回家。自從看了那篇文章後，他每個星期六都會開一小時的車回家轉轉，聽聽父親說說話，陪父親下下棋。

在下棋的過程中，他總是「不小心」擺錯棋，讓父親贏得很開心、很自豪，認為自己寶刀未老。他很喜歡父親在下棋時，步步為營的專注神情，就像他小時候和父親一起下棋的情景再度浮現。每一回他都很珍惜和父親在棋盤裡的交鋒。

每次下完棋就陪父親小酌一番，父親一高興就會牽起他的手，說出好多心裡話，包括在職場裡如何力爭上游，包括為了讓年邁的父母安享晚年，總是盡心盡力去關心每個細節，只為了盡人子的責任……父親很隨意的每個動作，和每句發自肺腑的真心話，都讓他覺得原來他們父子也可以像哥兒們一樣無所不談。

由於我愛寫生活點滴，所以偶爾也會寫到一些和毛小孩互動的趣事。一位在菜市場賣水果的小陳，原本對毛小孩很排斥，但看了幾篇我寫的動物篇後，偶爾看到毛小孩也會蹲下身子，摸摸牠們，和牠們說說話，時日一久，他也慢慢地接受牠們了。

他自認自己的愛心和耐心，還無法照顧被棄養的毛小孩，但為了這些被棄養的無辜小生命，他把買香菸和買檳榔的錢都省了下來，捐給流浪狗之家，希望能為毛小孩盡份心。

前些日子傍晚七點多，他開車經過信義路六段的慢車道時，看到兩隻大黑狗從路樹底下追逐，很快地竄出來，讓他前面的車子來不及煞車，就撞上跑在前面的那隻較大的。當時因下著雨，他開得很慢，所以看到狗兒被撞以後，在地上翻了兩翻就躺在地上。

他連忙下車，用脖子上的圍巾把狗兒小心翼翼地包好，放在副駕駛座上，用手機搜尋離他最近的動物醫院。當他把狗兒送進醫院時，醫生看了搖搖頭表示，牠已沒有生命跡象。當時他難過得掉下男兒淚。

為了讓狗兒好走，他和醫生一起幫狗兒把身體清洗乾淨，再穿上嶄新的衣服，讓狗兒舒適安心地展開另一段新的旅程。

看到印象中愛嚼檳榔、愛說粗話的他，居然能為了毛小孩戒掉最愛，並細心地送走一隻陌生的狗兒時，我體會出他內心溫柔善良的一面。

每次聽到諸如此類，因一篇小短文而引起的正面能量，我除了感動也開心。心想，文字的力量是如此的可貴，那我就用飯局或追劇時間來換，是多值得啊！

108.3《警友之聲》

不停地撩撥長髮

其實我一直很欣賞長髮女孩，我覺得女孩長髮披肩，不僅有一種超逸脱俗之美，而且高雅大方，令人百看不厭。

雖然我很喜歡長髮美女，但是那天我從左營搭高鐵北上時，卻對隔壁坐的一位長髮美女的舉動，感到很害怕且失望。

她的頭髮髮長過肩，染著紫、灰、土黃等顏色。它不僅長而且燙過，捲捲的，因為澎澎的，所以看起來頭髮特別的多。或許是因為坐著，頭髮一大叢壓在肩上、脖子上會不舒服，所以她不停地撩撥著頭髮，希望把它掛在耳邊。偏偏燙過的頭髮不像直髮那麼順，容易夾在耳邊，因為夾上去又滑了下來，所以一路上她不斷地做重複的動作，希望頭髮能掛在耳邊。

她每次撩撥頭髮時，會因頭髮的過長且多，不小心扎到我的手臂，甚至於臉龐，讓我的手臂和臉部都癢癢的很不舒服。又因比鄰而坐，想閃想躲都沒辦法，又不能要求她不要這麼做，所以一路上氣得我幾乎要抓狂。

由於從她上車坐定位置後，這個動作始終沒停過，所以我合理地懷疑，她是否覺得自己這樣撥頭髮，是個很優雅的動作，才會不顧旁人的感受，其實那是很不應該的。畢竟，公共運輸是大眾場所，座位與座位之間幾乎是零距離，任何一個動作都會影響旁人，所以要盡量約束自己的一些不當行為，免得影響他人。

108.3.31《自由時報》，本文入選「公共場所不能踩的地雷」徵文

以同理心面對

剛結婚時從南部鄉下來到台北，人生地不熟加上收入微薄，經同事介紹，租了一間有一張雙人床和一個小桌子的小房間。由於是違建，租金較便宜，但因為它位處地勢較低地區，所以逢雨必淹。每次雨勢稍大些，因排水不順，屋裡就淹水了。每當午後雷陣雨，我看到雨水從牆底一吋吋地急速往上移時，我會告訴自己，要多兼分差，好快點存錢買房子。

想要搬離除了容易淹水外，房東的愛計較也是原因之一。房東為了每個月的水電費，會有很多意見。他是以人頭計算，大人要多出一半，因為大人洗澡和洗頭，所需要的水會比他家孩子多。另外，我白天看書會開小日光燈，他也會一直過來關心，讓我很不自在，但我深知人在屋簷下，不能不低頭。

為了不想再租房子，為了提早讓自己有個遮風避雨的家，我們夫妻不分晝夜努力工作，幾年之後我真的有了自己的房子。

我把房子依自己的想法設計，讓它既溫暖又安全。由於房子大，有多出來的房間，我租給一對從雲林北上來工作的兄弟。我一直認為能住在同一屋簷下就是有緣，所以對他們親如家人，他們下班後常陪著我的孩子做功課，或帶著他們到附近的學校打球。

或許我曾經當過房客，知道無家可居的無奈，如今我當房東，租金只是鄰居的一半價。每當房客們感激我時，我都會笑著表示沒什麼。

109.5.20

缺跟的鞋子

前兩天鄰居鄭奶奶念國二的孫子，要找我借一下修剪花草的剪刀。因為喜歡蒔花種草，為了方便修剪，我的剪刀有大有小。我不知道他要剪什麼，是要大的還是小的，所以我隨口問他：「要剪什麼東西啊？」他哦了一聲說：「我要剪鞋子的後腳跟啦！」

知道他的用途後，我選了一支中號的鐵剪給他，也問他為什麼要把鞋跟剪掉。他回答說，念小六時，他常幫一位經常住院的同學補習功課，同學病好後，同學媽媽就買了一雙名牌鞋送他。他忽然收到這麼貴重的禮物，除了感謝同學媽媽的這份情，也一直把鞋子當寶貝捨不得穿，只有偶爾拿出來欣賞一下又收起來了。

過幾天老師要帶他們去某博物館參觀，他想穿這雙鞋子，沒想到自己的腳長大了，鞋子根本穿不下，所以他想把後腳跟剪開，這樣或許就可以穿了。

聽他說完，我忽然笑了。因為我想起了半個多世紀前，我念初一時，有位初二的男學長，因為腳長大了又買不起鞋子，只好把後鞋跟剪成U字形，這樣勉強可以穿著走路，但上體育課時，要跑跳就很容易掉。

有一天他上體育課，要跑兩百公尺的接力賽，他跑著跑著就摔了一大跤，後面的同學來不及閃，也拌倒在地，結果兩個人都臉部擦傷。當老師把他從地上扶起來時，才發現他原來是因為鞋子不穩才摔跤的。

當老師知道他家的經濟狀況後，偷偷地送了他一雙鞋子。有了新鞋後，他也是捨不得穿，平時還是穿著舊鞋，只有上體育課時，才穿新鞋免得又摔倒，還讓無辜的同學受傷。

老師送鞋之事，同學們都不知道。是學長畢業時，以全校第一名的成績，被保送師範學校，代表畢業生致答詞時才說出來的。他表示老師默默地送他鞋子，讓當學生的他非常感動，所以他拚命地念書。他知道憑自己家庭的經濟條件，只有進入師範學校才能繼續念書，以後才有機會把老師的愛心傳承下去。畢竟師範學校在當時是公費的，還有工作保障，畢業後就直接進入教育界。記得當時全校師生聽了這段鞋子的故事後，無不深受感動鼓掌叫好，此事讓我一直印象深刻。

當數十年後的今天，有個和當時的學長年齡相當的鄰居，告訴我他要把鞋跟剪掉，讓鞋子可以穿時，我是多麼驚訝。想想，同樣的動作發生在不同的鞋子上，就有不一樣的故事。即使相隔數十年，也同樣地精彩感人。

109.4.13《聯合報》

第二輯

神聖的承諾

像他這樣的老公

有人說：「夫妻情夠不夠深，就看任何一方有困難時，另一半是如何地對待？」

夜深了，急診室裡不像白天這麼喧鬧，一般來看病的離開了，只剩下要留下來觀察及必須等病房住院的患者。本以為人少了，來照顧病人的人，累了一天可以找個椅子坐下來休息一下，沒想到隔壁床的七十多歲女病人，一直不停地說話（應該說是無厘頭的亂念，因為我始終聽不懂她在說什麼，只聽到她的說話聲）。

或許是太靜了，她的老公會一直說：「乖！快睡吧！不能一直講話，會吵到別人的……」有時老公勸累了，會用手掌去嗚住她的嘴，但她還是跟錄放音機一樣說個沒停。

由於整晚她都這樣，讓大家無法休息，於是有病患家屬開始提出抗議，希望她不要再說了。此時她的老公站起身來，搖晃地站在走道上，向大家深深一鞠躬，哽咽地告訴大家，太太在五年前因失智，無法控制自律神經，所以就一直說話沒完沒了。她不是故意的，是生病了，吵到大家真的很對不住，請大家原諒。

看他因照顧太太，要操心又無法好好地休息，一臉鬍渣、滿臉憔悴的樣子，我很難過。或許是我們同是為了照顧另一半，在急診室裡熬夜，所以他的煎熬和憂心，我感同身受。

那一晚，他太太嘴巴不曾停歇，他也沒閒著，不眠不休地陪在床邊，耐著性子地安撫。雖然他知道他說什麼都無效，但他覺得把太太照顧好是自己的責任，所以發病五年來，他始終天天陪伴在身邊，只希望太太有復原的一天。

有人說：患病見真情。看到這位先生對生病的另一半，是如此地寸步不離、無日無夜地照顧，那份深情真的很令人感動。也想向天底下無怨無悔地照顧著另一半的人們說一聲：「你們辛苦了。」

108.2.26《人間福報》

雜貨伯的春天

每當星期一或大節過後，市場休市的日子，我就會在市場口的攤子上，看到雜貨伯在做生意。

他賣的東西可說無奇不有，廚房裡的鍋碗瓢盆，大大小小的盤子、杯子，各種形狀的花瓶，長長短短的起子、螺絲釘，到越南旅遊買回來的大小斗笠，半新不舊的皮包、鞋子，他晚上去釣的魚，還有他家屋後山上的山產（有芭樂、香蕉及樹薯），真是多得不勝枚舉。於是熱心的婆婆媽媽們幫他取了一個名副其實的大名：雜貨伯。因為他賣的東西是真的有夠雜，吃的、用的、見過的、沒見過的都有。

雜貨伯八十歲了，高高瘦瘦的他除了有點重聽，戴著助聽器之外，身體健康、健步如飛、力大無比，而且熱心助人。聽說他自幼失怙，孤兒寡母住在基隆的深山裡。在交通不便的年代，他每天上學來回需要三小時。

夏天還好白天長，放學回到家天還沒全黑；冬天就不同了，天黑了還沒回到家。

他媽媽很心疼他早出晚歸的，所以每逢下雨天就不讓他上學，怕他出意外。就這樣，他小學畢業了，認字不多，國語也說不上幾句。聽他說，他的注音符號是當兵時的同袍教他的，為的是要寫信給媽媽報平安，所以同袍們教他寫字、說國語。

雖然他沒什麼耀眼的學歷，但是因為他肯吃苦、做事負責，所以找工作對他來說不是難事，因為他自認自己好用又耐操。早年他在貨運行當司機兼搬貨員，因工作時間長加上耗體力，所以薪資高。他把薪資如數交給太太，要太太好好地教育子女，讓子女往後有較輕鬆的謀生能力，不要像他只靠最原始的本錢（體力），來換取生活。

他在貨運行工作了三十多年，老闆待他如兄弟，除了給高薪，三個孩子就學期間，老闆都以發獎學金為名，來暗中幫助他。如今三個孩子都很優秀，在專業領域裡都有亮眼的表現。他退休後閒不住，常到搬家公司打零工。

搬家時許多主人會把不想再留的東西丟掉，讓一向勤儉的他覺得可惜，就留了下來，趁得空時把它整理清洗乾淨，當菜市場休市時拿出來賣。由於他的價位很低，每一種只要三、五十元，人人買得起，所以很受歡迎。由於他常去爬山，所以會摘些野果、野菜一起賣。因為野生的沒有灑農藥，儘管賣相不好，但是注重養生的人，就喜歡買他的野味。

很多人會問他，有退休金可用，年紀又不小了，為什麼還要這樣辛苦出來做生意？他的回答很讓人敬佩。一方面是老伴走了，要一個人面對一個家，會覺得難過，也會覺得孤獨，因此與其面對孤獨，就不如來做生意。另一方面把這些堆在家裡占空間又用不上的東西，拿出來變現金，捐給老人慈善機構，幫助那些需要被幫助的人。這樣不僅會讓自己很開心，覺得自己雖然年紀大，卻還有一些能力助人，而且也會因為做生意，跟外界多了互動，身體變得健康，心胸也變得開朗，所以他是穩賺不會賠的啦！

和他買買東西，聽聽他的人生悲喜故事，看似卑微平凡中，卻也看到那不向命運低頭的韌性和堅強，以及知恩惜福的情操，是那麼值得尊敬。

108.12《警友雜誌》

遇見百分百水果郎

我常覺得一個肯吃苦的人，不管他從事哪種行業，他的努力絕對會被看到、被肯定的。

每次上菜市場買水果時，我一定找阿偉買。他的水果不多，雖然只有四、五種，但都是當季的，而且絕對新鮮。因為他平時在機場做維修的工作，只有在周休或連假時，才有空來擺攤賣水果。為了不能有庫存的壓力，不僅每天進貨的量要拿捏好，而且還必須把當天買進來的水果通通賣完，才不影響第二天的進貨量，所以他不會有隔日的庫存。

會向他買，除了他的水果新鮮外，是因為從他身上可以看到年輕人樂觀、陽光、肯吃苦的拚勁。他天未亮就到批發公司批貨，然後才到菜市場來擺攤。水果一箱箱搬上搬下的，雖辛苦但從無怨言，總是樂觀以對，臉上綻放著充滿信心的神采笑容。

很有商業頭腦的他，為了能讓今天的貨都賣完，他把面相好的擺在桌面，賣相好代表利潤高。對於一些賣相差或碰傷的，就洗淨擦乾再削皮裝入盒子。裝入盒子之後，因透明、量又不多，而且看起來乾淨衛生，又隨時可以吃，很符合現代人想要方便，又不想自己動手做的需求。像西瓜、鳳梨、芭樂、香瓜、木瓜、芒果這一類的水果，他都用這樣的方式來整理。只要動個手，就能讓瑕疵品搖身一變成為高檔極品，讓消費者高興地願意掏荷包。雖然這樣做會增加他很多的工作量，但卻會創造出零損失的完美業績，這也是他最拿手的經典行銷哲學。

他為了多掙點錢，雙手不曾停歇，一個人做兩個人的工作。手裡忙著削鳳梨，嘴巴還要招呼客人，一句「對不起喔！麻煩自己拿袋子裝，並感謝大家的配合及體諒」，總讓許多的婆婆媽媽樂意幫忙動手。她們常心疼地問他，為什麼要這麼拚，單親的他都靦腆地笑著說：「還好啦！我是想趁著年輕、有體力多做一些，讓媽媽和女兒有個安定的家。畢竟，我薪水不多，還有房貸、車貸的壓力，所以我必須要努力拚一下經濟……哈哈。很感謝大家的捧場，讓我可以繼續努力混口飯吃。」

他就是這樣，懂得謙卑感恩。除了努力地做好自己的工作，把每天批進來的水果，想盡辦法通通賣完外，還不忘感謝這些婆婆媽媽們的眷顧，讓他生意興隆。

每次看他善用時間，盡量在早上九點到十一點的黃金時間，把每個環節做好，讓貨出得去、錢進得來，我就很佩服他。畢竟，他的作法讓人覺得，他很熱愛自己的工作，很懂得做生意的竅門。不像很多的年輕生意人，擺好攤就忙著低頭滑手機，把瑕疵品隨便賣，不懂得化腐朽為神奇，甚至於任其腐爛，當垃圾丟了。對比彼此處理的態度真的很不一樣，當然結果也不可能相同，難怪他生意很好，做起生意來總是信心滿滿。

雖然他做的只是小生意，但是他很用心，不怕辛苦，非常敬業也很有責任感，真的讓人很感動。想想，一個正值愛玩的年紀，卻願意終年捨棄玩樂，把所有的假日拿來做生意，賺些錢貼補家用，讓家人日子過得安逸，真的不容易。從他身上我除了看到他吃苦耐勞的特質，也看到他承擔家計的肩膀，真是太棒了。

108.6《警友之聲》

最佳女主角

認識李姊好些年了，身材沒什麼變，倒是智慧增加了，處理起事來更圓融練達。

已七十歲的她，尚有九十二歲的婆婆。她婆婆是虔誠的佛教徒，初一十五、逢年過節，拜拜都很慎重。所以她要用心地準備不同的祭品，包括鮮花、水果、各種不同的乾糧與鮮蝦魚肉，每一樣都不能少，就是要讓婆婆放心。

她也是兩個媳婦的婆婆，一個來自阿里郎，一個生長在櫻花之國。由於各有不同國情，所以逢年過節，要準備禮物是一項大學問，必須精挑細選，要裡子、面子兼顧，把禮送到心坎裡去，讓異國親家心滿意足。

她是丈夫的秘書兼太太，丈夫偶爾忙不過來時，她必須代夫出「差」，到美國或對岸繞一圈，每一回總要十天半個月的。除了幫丈夫處理業務，也要兼顧廚房，不出差時一定打理三餐，因為丈夫對外食過敏，所以她必須採買食材，再洗手作羹湯。進了廚房，她就是典型的主婦。

她有兩個小一的孫子，小兄弟每隔幾天就要來和她同住，小傢伙黏阿嬤，每一回都要她親自接送上下學，讓她多了一份甜蜜的負擔。

她就是這樣，一人分飾好幾個角色，是婆婆貼心的媳婦，是媳婦的好婆婆，是丈夫的得力助手、更是賢慧的另一半，也是孫子的超級阿嬤。每一回問她如何把這些角色扮演好，她總是謙虛地表示，做任何事只要用心認真，把重點拿捏好，這樣做出來的結果，大致上是可以及格的。

我常想，一個女人體力有限，不僅要身兼數職，還要每一樣都表現得很稱職，是很不容易的。而李姊就能面面俱到，事事展現出她工作的能力、處事的嚴謹態度，以及超人的毅力，才讓萬事皆圓滿。諸如此類都是李姊的過人之處，值得天下女性學習。

相信能像李姊這樣傑出的家庭「演員」不多。要是哪天奧斯卡導演能拍一部片名是「一個家庭」的電影，那麼最佳女主角一定非李姊莫屬。

108.11.11《人間福報》

公園裡的一對母子

每天下午到公園運動，都會看到一對母子，在做各種不同的、最簡單的運動。

媽媽瘦瘦高高，六十歲上下，兒子二十出頭，身高體壯，一臉俊俏，但不良於行，不知喜怒哀樂，一切停留在四個月大的智商，所有的生活機能無法運作，就靠媽媽一點一滴地打理。

聽說孩子四個月大的時候，有天下午西北雨不斷，在雷雨交加中，孩子被一連串尖銳巨大的雷聲嚇到大哭，並不斷地抽搐，從此改變了他的一生，也讓媽媽二十多年來，有了最艱辛的甜蜜負擔。

孩子小時候還好照顧，只要讓他吃飽穿暖，把他打理乾淨，用推車把他推出門曬曬太陽、逛逛街就好，一切都還在掌握中。畢竟當時媽媽年紀還輕，體力還可以負擔。隨著孩子漸漸長高，媽媽的年歲漸長，要照顧孩子就辛苦多了。

儘管如此，只要天氣好，媽媽一定帶著水壺和毛巾，用一隻手摟著孩子的肩，亦步亦趨地到公園散步。走走停停，累了就坐下來，媽媽幫兒子擦擦口水、捏捏手腳，一刻不得閒。有時扶著孩子拉拉單槓，伸展一下肢體。有時到土地公廟拜拜，希望土地公爺爺保佑他們母子均安。

每次看到媽媽吃力地扶著孩子，還要不斷地跟兒子說話，我的心就很痛，除了安慰她，不知道如何能分擔她的辛苦。

她常無奈地表示，很擔心自己老了無法照顧兒子時，兒子該怎麼辦。為了怕兒子以後得不到好的照顧，所以每次拜菩薩時，她只祈求菩薩，讓兒子比自己先走，這樣她會比較放心。

她的心願讓我瞭解到一個母親的偉大與煎熬。雖然這麼多年來，老天爺給了她這麼沉重的功課，但她無怨無悔。即使兒子經常在夜裡會鬧情緒，讓她長期睡眠品質不好，她也從無怨言，只希望把兒子照顧好，讓他開心過日子。

看著這位媽媽對孩子無盡的愛，我虔誠地祝福她永遠健康，能陪著孩子走到最後。

108.1.4《聯合報》

三叔大方，他說了算

小貞的婆家是大家庭，她公公有五個兄弟，除了三叔在外開店做電器生意外，其他兄弟都在家務農。平時大家都忙著下田種作，有收穫時都歸二叔在打理，他負責全家的一切生活開銷。也就是說，大夥兒每天只要認真工作就好，平時沒什麼零用錢，只有過年時每個人有一份壓歲錢而已。

三叔不同，他自己做生意，平時就有收入，不像其他家人一年難得有看到鈔票的機會。或許三叔有穩定收入，加上他對家人有深厚的感情，所以逢年過節時，不僅會為家裡買很多吃的和用的，還會給每個人一份紅包。家裡大小有急難時，他也會伸出援手鼎力相助。

由於三叔對家人的大氣作為，讓她們一家大小都尊敬他，於是家裡的大小事，他說了算數，其他人不敢說也不能說，因為在家裡誰都比不上三叔大方和善體人意，以及在家人心目中的地位。

我常覺得一個大家庭中，常會為了錢事而有所不愉快，要維持全家的和諧真的很不容易，幸好她家裡有個捨得花錢的三叔，才讓她們家和萬事興，所以稱三叔為家中老大，全家大小無意見，一點都不為過。

108.8.11《自由時報》，本文入選「誰是家中老大」徵文

五分鐘的母女熱線

一直以來，住台北的我很喜歡和住南部鄉下的媽媽，利用電話連線來向她請安或聊聊天，我覺得那是我最幸福的時刻。

媽媽九十八歲了，雖然記性有點差，但她耳聰目明。因工作關係，我無法長久待在她身邊；把她接到家裡來，她又吵著要回美濃。她覺得住鄉下要比住台北好很多，空氣好又安靜，左鄰右舍就像家人，隨時可串門子聊天話家常。

台北就不一樣了，家家大門深鎖，人情味一點都不如鄉下濃厚，所以她還是喜歡住在鄉下。

想念媽媽又不能常住在一起，只好靠電話連線。由於她年紀大了，每次電話響了她就會緊張。她的手機明明就放在上衣口袋，她一急就會掏褲子口袋，越急就越慌、越找不到，所以我常告訴她，會打電話給她的都是自己人，我們會多等一下，慢慢找就好了。

以前她記性好，每次打電話給她，我都靜靜地聽著，聽她說著古老古老的故事，聽她說著說著就開心的笑聲。我所以傾聽，一方面是可從她的話語中瞭解她的反應狀況。如果她說得條理分明，表示她的腦力健康，所以我喜歡讓她多講話，讓她多表達、多激盪腦力，她也樂得開懷。

最近這陣子我發覺她說話經常重複，說過的很快就忘了，儘管如此，我還是喜歡聽她說說話。

或許是她自己有感覺，說起話來沒那麼順暢了，所以每次和她通電話，就不像以前可以天南地北聊個沒完。現在只說個幾分鐘，她就要掛電話了。

知道媽媽年紀越來越大，耐力和記性會越來越差，但是我還是每天利用五分鐘，聽聽她說話和慈祥的笑聲，享受那份屬於女兒的幸福。

109.1.8《人間福報》，本文入選「給自己」徵文

校長！可以算便宜一點嗎？

「校長！可以算便宜一點嗎？」這是六十多年前，阿旺嬸牽著我到校長室，和校長說的第一句話，當時天真的我還真以為學費也可以討價還價。

小二那一年上學期，第一次月考過後，某天早上老師看到我，開學這麼久了二十元的學費還沒繳，就很生氣地說：「沒繳學費，可以回家了。」一臉無辜又沒有書包的我，把藍色方巾攤在書桌上，將課本、學用品及剛領到月考第一名的獎狀，通通包在一起就抱著離開教室。

一路上我害怕從此沒機會再進教室讀書，想著想著就抽泣起來。當我路過阿旺嬸家門口時，她正在水溝洗衣服。看到我拎著「書包」要回家，就問我：「小阿妹！妳怎麼沒去讀書？」我愣了一下，怯懦地說：「我沒繳錢，老師叫我回家。」

她聽了，邊拉起圍裙邊擦雙手說：「唉哦！怎麼會這樣呢？」說完回房拿了錢，就牽著我到學校去。

在路上，她先問我住哪裡，我回答：劉屋夥房（客家庄裡每個姓氏，都有自己的祖堂、夥房）。她接著安慰我不用害怕，她帶我去見校長，校長是她遠房親戚，她會請校長算便宜一點。

當時聽她這麼說，我覺得她好聰明、好勇敢哦！會想到去跟校長討價還價。心想，我媽媽要是也像她一樣就好了。

我低著頭被她半拖半拉地帶進了校長室。在阿旺嬸和校長的對話中，我因害怕只斷斷續續地聽到：「這小阿妹可憐，家裡沒錢，我自己又有五個小孩要養，你就算便宜一點，我幫她繳了，讓她繼續讀書。」過了一會兒，校長送走阿旺嬸後，摸摸我的頭，牽著我走進教室。進了教室我仰頭看看他，他微笑點點頭，我也破涕為笑。

升上三年級後，導師換了剛退伍的新老師。學期中學校舉辦中、高年級的作文比賽，我和幾位同學被選去參加。記得當時的題目是「我最感謝的人」，字數以四百字為宜。當天我含著淚寫完這段故事，結果僥倖獲得中年級第一名。

比賽完後，學校把所有得獎者的作品都貼在中庭的走廊。或許是很多老師看到了我寫的繳不出學費的辛酸和無奈，居然讓日後的他們，對繳不出學費的孩子不再苛責。

學期快結束前，媽媽把老母豬生的幾隻小豬仔賣了。當天晚上，她牽著我並拎著剛買的一條鹹魚到阿旺嬸家。為了感謝她的相助，我和媽媽對她深深一鞠躬。

我明明記得學費是二十元，阿旺嬸卻說，校長有算她便宜，只收她十五元，所以我們只要還她十五元。聽她這麼說，年幼無知的我還以為，學費也可以講價。年齡漸長後，我才知道那是不可能的。原來當時校長為了成全阿旺嬸，只好把不足的餘額自己墊上。想到這裡，我又好感激校長的一臂之力。

阿旺嬸一直住在老家，每次我回娘家，都會繞去她家問候一下。她還是老樣子，慈眉善目，說話輕聲細語，是個和藹可親的老人。我虔誠地祝福她：永遠健康、快樂。

108.12.25《聯合報》

神聖的承諾

每次聽到親友家中，因有失智的老人，而讓全家陷於困擾時，我除了同情、給予安慰和鼓勵之外，也會慶幸自己幸好沒遇上這檔事。但世事無常，該來的還是來了。

昨天清晨約四點鐘，八十多歲的外子穿戴整齊站在我床前說：「趕快起床，帶我去回診。」我睜開惺忪的睡眼，告訴他：「回診日是在十一月，現在才十月呀！」

他聽了堅持表示，自己絕對不會記錯。我只好起床，把他牽到月曆前面，看他自己在月曆上做的記號，如此他才沒說話。

近幾年由於他的健康狀況不佳，經過幾次進出醫院後，不僅體力大不如前，連記憶力也變差。於是在生活日常裡，我和他的互動，往往會因他的健忘或猜疑，讓我啼笑皆非，只好用耐心和耐煩，來察言觀色，從每個細節中找出平衡點。

或許是身體的老化帶來不適，所以常發脾氣。每餐吃飯時，他不是說：「我昨天吃飽了。」就是說：「我明天再吃好不好？」若是我一定要他吃，他就氣得破口大罵，讓我頗感委曲。

除了飲食問題之外，他喜歡亂藏東西，然後說家裡有賊把他的錢偷走了。為了息事寧人，我只好隨便拿幾張鈔票給他，假裝錢找到了。

平時他喜歡下午四點多洗澡，有時剛洗過，他又要吵著要洗澡。每次上完廁所，他撥沖水環都只撥一半，這樣因水沖得少，會留下尿騷味。我建議他把水環撥到底，結果他又生氣，吵著要把水箱敲掉。諸如此類的日常瑣事讓我心力交瘁，卻只能默默承受。

想想，人生不就是這樣嗎？從意氣風發到風燭殘年，這是過程，我必須努力去克服。畢竟「執子之手，與子偕老」是神聖的承諾。

108.12.17《自由時報》，本文入選「老夫老妻」徵文

我那熱愛土地的雙親

我很幸運地生長在農家，雖然父母種田的收入不多，但是靠著四季的種作，還是讓我們有吃有穿地平安長大。

每年中秋過後直到春節前，家裡種的農產品就相繼成熟了，接著就是一連串收割和收藏的工作。這時節也是農家一年中最忙碌的，一家大小都必須分工合作，忙裡忙外地參與，好讓所有的工作，都能在所屬的節氣裡順利完成。把該收藏的收藏好，該播下種子也要趕時趕陣的，盡量在立春前播下第一期的禾苗。

每當這個時刻，阿爸和阿母每天天濛濛亮就下田採收了。把已成熟的紅豆、小番茄、玉米、花生，分門別類地摘好，再裝袋、裝箱。有的交給農會，有的交給來收購的中盤商。這些收成可讓家裡有一份收入，應對家人的生活費。大人忙著粗重的工作，我們小朋友也不得閒，先把三合院裡的曬穀場打掃乾淨，因為要在這兒曬一些不容易保存的葉菜類，如高麗菜、刈菜及蘿蔔乾、敏豆等等，都需要曬乾保存。會曬這些菜乾，一方面是生產過剩，家裡一時之間無法消耗掉，要任其腐爛又於心不忍。畢竟從一粒小小的種子到變成一顆菜，需要花很多心血，因此必須把它曬乾保存。

曬菜乾除了方便收藏外，當颱風季節來臨，蔬菜缺乏時，它正好派上用場，可彌補短缺。記得以前念書時，每到了夏季雨水多，菜類不容易生長時，媽媽就會做蘿蔔乾煎蛋、炒蒜苗或高麗菜乾燜蒜頭、梅干菜燜筍。她會想盡辦法，用不同的食材來搭配這些菜乾，變出不一樣的佳餚，讓我們的便當很豐盛，吃得我們齒頰留香。

乾糧不僅在必要時刻發揮極大功能，讓家裡省下一筆菜錢，也能滿足一家三餐的需求。偶爾還有開館子的人會來採買去做料理，這樣家裡無形中，會因為有這些菜乾而多了一筆收入。曬菜乾雖然是個很重複的工作，每天要早起，在上學前就要把所有要曬的菜鋪在禾埕上，才可以去上學。

下午放學後，又要把這些菜乾收好明天再曬，每天重複收收曬曬，直到完全曬乾為止。這樣的工作常會讓我們耽誤上學的時間，但是我們從無怨言，因為我們從過程中學會了珍惜、不浪費，也體會出「未雨綢繆，有備無患」的重要。

當田裡的各種農產品都收成後，立刻引水灌溉，讓空曠的田在水的滋潤下恢復元氣繼續種作。田裡有充沛的水量之後，耕耘機就忙碌穿梭，先翻土打碎再把它推平。把田地整理好後，就開始插下秧苗。隨著春到人間，秧苗漸綠，尤其是立春之後氣溫漸漸回暖時，秧苗在春雨的滋潤下快速長高，一眨眼到處綠油油、閃亮亮的。那份欣欣向榮的成長喜悅，讓人感覺春回大地的神采，是那樣的充滿活力和希望。

家裡除了種稻，惜土如金的阿爸和阿母，會在屋前屋後只要有土的地方，種上絲瓜及一些蔬菜和花花草草。不僅善用了土地，讓這些零零星星的小土地，發揮它極致的功能。地上有攀爬的絲瓜、有掛滿木瓜的木瓜樹，屋角有香蕉株，田邊有九層塔，有吊著長長短短、紫得發亮的茄子，鐵窗底下有一排相依相偎的聖女番茄，也有豌豆藤，後門邊有紅豔豔的木槿花，及一株始終飄著香氣的桂花。

一向勤快的阿爸阿母，在屋子周邊種上這些蔬果花草，不僅滿足了我們的食慾，也讓大自然在不知不覺中進了我家，為大家帶來愉悅的心情。祠堂裡神桌上永遠供奉著摘自屋外的花果，讓先祖們分享這些來自大地的禮物。

多年來，為了要讓種作順利，阿爸阿母除了善用土地，隨著季節種著不同的農作外，他們經常到河邊或山坡上割來野草，加上家裡的稻草，一起切碎混合製作堆肥。從小就看阿爸為了要製作堆肥，增加了很多工作量，因為它需要不斷地反覆灑水，才會發酵變爛，最後才會變成有機肥。

我常問他何必那麼麻煩，買現成的化學肥料既方便又省事。每一回他都告訴我，會願意多花心力製作堆肥，一方面是他執著對土地的熱愛，希望它們不受化學品的污染，才能種出最優質的作物。另一方面，他珍惜天然資源，覺得野草或樹葉來自自然界，做成肥料後又回歸自然，就可滋養天地萬物。這種取之自然、用之自然的法則，是最適合天然生存的條件，所以他很樂意為心愛的土地盡一分力。即使再忙再累，他也認為很值得，因為我們只有一個地球。阿爸就是這樣，經常給我機會教育，讓我從他的小動作中，知道他是用心保護土地的。

當大地的一片綠油油漸漸地轉變成淺黃到金黃，到處黃澄澄的稻浪，在陽光下閃動著最亮麗的舞姿時，第一期的稻作就要收割了。此時家家户户懷著慶豐收的心情，滿臉笑顏來迎接那天的到來，並希望收割的日子一切順利。因為收割時節正是梅雨季，要是梅雨下個不停，成熟的稻穗吸足水分後，因過重就會倒地，三、兩天之後稻穗就會長芽。這結果會讓農家一季的努力，因梅雨來得不是時候，而變得血本無歸。

每次家裡遇到這種難違的天意時，阿爸阿母雖然心在倘血，但還是很樂觀地要我們放心。也會告訴我們：天會下雨也會放晴，但是晴天比雨天多很多，稻子沒了再種就有，天無絕人之路，所以日子還是可以過的。當時因不懂事，不知道父母持家的困難，也體會不出一家八口要溫飽是多麼的不容易。有時任性的我們姊弟鬧情緒時，還會怪媽媽，便當裡的地瓜簽為什麼要放那麼多，每天中午一打開飯盒，都會聞到地瓜發餿的酸味，那是很難吃的。

每一回媽媽總會耐心且堅定地說：「過些日子就會有白米飯吃啦！」我們就在媽媽堅定的語氣下，等著白米飯的到來。在過去從不知道父母面對缺乏時的無奈，當自己持家之後，才發覺家裡雖然有固定的薪資，但還是會有捉襟見肘的時候。想想，要靠著老天爺賞飯吃的父母，要撐起一個家，要養大六個孩子，會是多麼的艱辛呀！每每想及至此，我會對自己年幼無知時，對父母不滿的抱怨，感到羞愧。畢竟他們勤奮、敬業，為了生活已經盡力了。

當第一期稻作收成後，接著是二期稻作的播種。由於節氣的關係，二期稻作收成後，大部分的農民會讓田地暫時休耕，因為這時離下一季的播種還有一段時間。但我阿爸想法不同，為了要讓土壤能更肥沃，他會請耕耘機來翻土，讓太陽把翻過面的土曝曬一陣子，然後引水把土打碎，再撒下一些油菜籽。當油菜開出黃花時，到處金黃一片，美不勝收。

油菜花不僅美觀，還是最天然的肥料。當下一期稻作要播種時，耕耘機把這些油菜花打碎混在泥土裡，會讓秧苗長得又快又好，帶來下一季的豐收。

當第二季的稻作收成後，因雨水少了，農民會開始種些短期農作，像各種豆類、蘿蔔、番茄、茄子、絲瓜、紅蘿蔔，還有各種瓜類，就看主人的需求。由於這短期農作所費時間約兩到三個月，這時節因節氣的轉換，會少了很多災害，通常是豐收的。於是能賣錢的就賣錢，吃不完多出來的，就曬乾收藏，一切照著節氣來作息。把短期作物收成後，又到了年底了，又是要播下種子的時節了。

種田人家就是這樣年復一年，隨著節氣進行不同的收割或栽種。很高興一直以來，阿爸都堅持自然農耕法，讓我家田邊的水溝，有大肚魚、小蝦和泥鰍在優游，偶爾也會看到小青蛙在跳躍，大小田螺龜速地在溝裡移動著身子，展現著超強的生命力。溝裡的忙著優游，田面上的忙著飛舞傳粉採蜜，好不熱鬧。

阿爸和阿母就是這樣，一輩子都在田裡忙碌，雖然收入微薄、粗茶淡飯，卻甘之如飴。如今雖然年紀大了，農事由大弟接棒，本以為他們從此不再下田，沒想到他們對土地有濃得化不開的情感，三天兩頭的，還是會到田裡看看。

他們喜歡踩在泥土裡的踏實感覺，且始終懷著感恩的心來面對這塊土地。他們認為有土才有家，土地是人民的母親，它孕育著世代。它也是人類最忠實的朋友，只要隨著節氣種作，有耕耘就有收穫，種瓜就得瓜，從不讓人失望。

阿爸阿母數十年來，和泥土為伴，以大自然為師，從種作中感受天地萬物生長的喜悅，也享受著春耕、夏耘、秋收、冬藏的樂趣，雖然辛苦，卻是那樣的滿足和幸福。

108.9《警友雜誌》

阿銘仔是我勤奮又孝順的弟弟

那天回美濃因繞小路，遠遠就看到一坵高過人頭的牧草園中，有個熟悉的人影，正在努力地揮刀割牧草。看著在炙熱的太陽下，儘管衣衫濕透還是在忙碌，動作雖比往年緩慢些，但我確定那個人是阿銘仔，也就是我弟弟。

這些年，他不因年歲漸長而怠慢農事，還是充滿了鬥志，不肯退休，繼續工作。每一回看到他不辭辛勞地面對工作的神情，不管是下池塘打魚收網或扛運堆肥，抑或鏟羊糞、割牧草……我都會眼眶潤濕。我想，那是一份引以為榮的感動，也是手足親情的疼惜。

他從年輕到現在，一直以耕田為業。學歷雖不高，卻意志力堅強、吃苦耐勞，很認命地與土地和平共處，過著春耕秋收的日子。然而耕田不僅需要好體力，還得靠天吃飯，收入和付出不一定能對等。而EQ過人的他，知道如何利用土地，給自己機會爭取不同的資源，來增加收入。於是他偶爾會伺機轉作，希望能闖出另外一片天。

在重視環保下，他選擇了不需要大量農藥的牧草種植。利用牧草養羊和鹿，再把牠們排出的身外物曬乾當有機肥。這樣的規劃很符合環保，也能化腐朽為神奇，廢物再用。為了讓羊咩咩和鹿寶寶，有個舒適的住家環境，可以健康地順利長大，非科班出生的他，自己設計疊磚砌牆，蓋了通風良好又安全的「羊樓」讓牠們住。

每次看到他可以在羊樓底下來回穿梭，不必弓腰清理穢物時，會為他的設想周到，忍不住地按個讚。

由於他工作量多，必須抓緊時間，夜以繼日地忙碌。別人日出而作，他是太陽還沒出來就下田了。當別人日入而息時，他在昏黃的孤燈及一台小收音機陪伴下，忙著剁鹿肉，要交給辦桌的師傅。或許是他一個人當兩個人用，凡事一步一腳印踏實地前進，加上無不良嗜好，日子過得平凡無憂。

雖然他很忙，但厚道篤實的他，很重視人情事故。夥房裡有大小事，不管悲喜，他一定放下工作，熱心去幫忙到底，此舉總讓左鄰右舍很感動。

他可以這樣無後顧之憂地忙於事業，當然身後有個得力的助手。他眼睛亮，選了一塊寶當終身伴侶。當年弟媳冬英不嫌我家家徒四壁，願意成為劉家人。婚後一無所有的兩人，胼手胝足地忙早忙晚。弟媳在相夫教子之餘，還分攤農事。就在夫妻克勤克儉下，不僅有個安定的家，還孕育出優秀的子女。

或許弟媳她的努力被看到了，也被肯定了，所以不斷地得到模範母親的殊榮，光耀了劉家門眉，讓我們一家都沾了大光。很慶幸的是，數十年來忙於農事的弟弟，前年也獲得模範父親的殊榮，終於讓彭城堂好男兒也有了光采。這下可好，夫妻錦上添花，雙雙套上了模範的光環，成了少有的模範家庭。

他是模範父親，也是父母心中的好兒子。事親至孝的他，在噓寒問暖中處處顯露關懷，只為了能讓父母開心。每每把孝順藏在細節裡，那用心的良苦，讓身為老大的我，深感慚愧。

守本分、肯吃苦的他就是這樣，在田裡是個勇士，上山下田風雨無阻，以汗水滴土換取生活。儘管沒有大富大貴，也有餘力買田購屋，算是人生的勝利組。

我常覺得，一個人不管從事什麼工作，或扮演什麼角色，只要盡心盡力地把角色演好，就會獲得掌聲。而我弟弟阿銘仔，就是值得我為他喝采、以他為榮的。

109.3.19《月光山雜誌》

緣起緣至

我一直覺得人與人的相遇是一種極大的緣分，只是深淺不同。有人在機上巧遇，就成了一輩子的伴侶；有人同住一個上下鋪，後來有了勝於親兄弟的感情；而有人即使同住一個屋簷下，卻形同陌路。諸如此類的相遇都是緣分，只是緣分的多寡而已。

我婆家的兄姊都是高齡老人，因老化有失智的、有不良於行的。由於大部分是獨居，為了安全，他們的子女們都請外籍移工在身邊照顧。三年多前，我從親友的口中間接知道，住在美濃的大嫂，身邊來自印尼的麗娜，自己剛來到台灣就生病住院，印尼的弟弟又出了車禍，隔沒多久爸爸又走了，這一連串的不幸，讓身無分文的她必須預支兩個月的薪資。

也就是說，往後的兩個月，她無法寄錢回家。乍聽這個消息雖然是兩個月之後，但我想到她屋漏偏逢連夜雨的遭遇，心裡就非常難過。

或許是我曾嘗過家無隔日糧的痛苦，那種每天放學後，就要到街上米店賒米的困頓日子，讓我有種刻骨銘心、揮之不去的痛。所以只要遇上身邊有人有困難，我都很願意在能力所及之下幫個小忙。

雖然我未曾見過她，但是知道她的不幸之後，我默默地幫她還完一切，只希望她家的生活能恢復正常。她在大嫂家工作兩年多後，又轉到高雄工作。三個月前，同樣住美濃的三姊因病住院了，為了出院後調養方便，她的兒媳向仲介申請移工，沒想到派來的居然是麗娜，這讓親友們很意外，大家大嘆移工有幾十萬人，她跟我們家怎麼會這麼有緣哪！

她照顧三姊兩個多月後，三姊就走了，她的工作也暫時沒了。此時外子正在住院，因他年紀越來越大，我有考慮他出院後，幫他找個移工來照顧他。親友們知道後就推薦麗娜。一方面她要等下一個雇主不知要等多久，會影響她的收入；另一方面她有經驗，做事又細心，值得信賴。

就這樣，外子出院後，她由仲介從美濃帶來台北我家。見到她的霎那，我擁抱她，順便給她見面禮，感謝她願意來我家幫忙，也希望她從此平安、一切順利。

每天看著她高興地工作，我除了感謝之外，也會覺得「緣」這個字真是不可思議。從幾年前一個無形的相遇，過了幾年後，怎麼就這麼巧，她會在機緣巧合之下，無縫接軌地來到我家，跟我同桌共餐、同住一屋簷下。想想，這不就是緣分嗎？而且這個緣分還曲折離奇哪！

109.1.28《聯合報》

後車箱裡的故事

七年來，我只要有到城中市場附近辦事，我一定刻意地繞到某路口的騎樓，買幾塊糯米做的小糕點。不是我特別愛吃這些小點心，而是這些小點心裡，蘊藏著一段感人的故事。

七年前的冬天，我路過這個路口時，發現一個小攤車，攤子上擺了幾個看起來很誘人的小點心。有像蛋黃酥形狀的紅龜糕，有像小饅頭的綠色草仔糕，還有元寶型的白色蘿蔔絲糕。由於它種類不多，每個油亮亮的，底下都墊著綠色的芭蕉葉，看起來就像小時候阿嬤逢年過節時，在老廚房的大灶裡蒸出來的一樣，令人垂涎。

因為在都市裡，難得看到這樣的糕點，我有他鄉遇「故知」的驚喜，特別停下腳步，想買幾個嚐嚐。我四處張望，就是沒看到老闆，於是我輕聲地問：「老闆在嗎？」這時攤子後面人行道上，一輛綠色小廂型車的後車門推開了。一個瘦瘦矮小、滿臉滄桑的太太探出頭來，要我等一下，「我先生的飯還剩下兩口，馬上就餵好了。」

她的話我聽不太懂，不過看她一臉歉意的樣子，我只好說：「不急不急，您先忙。」幾分鐘後她下車洗手，然後把我要買的包給我，並說：「很對不起！讓妳久等了。」或許是她看出我一臉疑惑地看著她的後車廂，於是說出了她的故事。

二十年前她和先生結婚，先生開機車的零件工廠，有三十位員工。先生篤實憨厚，請了拜把兄弟當會計。先生信任對方，所以從不過問工廠的收支，總覺得每個月薪水發得出來，還有盈餘過日子就好。由於當時生意好，每個月收入豐富，所以她的生活很富裕。老公疼她，只要她快樂就好，即使不做家事、不下廚都沒關係。

沒想到奢侈日子過了十年後，從某一天起公司開出去的支票不斷地跳票，才發現會計捲款潛逃了。她先生看著自己一生的心血一夜之間沒了，一氣之下就中風了。為了給員工一點遣散費，以及零件上游的材料費，她把工廠和住屋賣了，最後連丈夫的醫藥費都沒有。

買她工廠的老闆看他們夫妻可憐，就把工廠後面的小角落，免費讓他們夫妻居住。就這樣，她一夜之間從花錢不手軟的貴婦，變成家無隔日糧的貧婦。為了生活，她把小時候媽媽教她做糕點的手藝拿出來，在員工的協助下買了磨米機、蒸籠及兩包糯米，另一位鄰居送她一輛舊的小廂型車。

她每天都做一百五十顆不同口味的糕點，載著無法言語的老公到不同街角擺攤。這樣她可以安心地做生意，也可以隨時照顧癱瘓老公。雖然好些年過去了，老公的病並沒有好轉，但至少狀況穩定。她很感謝在她一無所有時，過去的員工出錢出力，讓他們夫妻得以度過難關。也很感謝老公給了她這樣的功課，讓她由奢轉儉，改變了生活的態度，並激發出她過人的耐力。她剛毅淡定地說著自己的故事，沒有怨天尤人，只有滿滿的感激。

知道她的故事後，有機會路過我一定去買幾個嚐嚐。我知道我買的不僅是一份糕點，而是一份經過淬煉的夫妻之情。

108.8.20《聯合報》

老闆！我要買壞的麵包

昨天早上我到住家附近的麵包店買麵包，正在挑選時，忽然衝進一個年約十歲的小男孩。他嘴裡喊著：「老闆！我要買壞的麵包。」六十出頭的老闆聽了笑瞇瞇地答：「好啊！」接著就看到他拿著盤子夾了幾個麵包，老闆幫他裝好後，僅收他手上一枚小銅板，就把麵包交給他，還囑咐他走路小心，他嘻嘻地笑著就離開了。

看到這一幕，在場的幾個客人都面面相覷。此時老闆語重心長地表示，他叫阿福，是未婚媽媽生的早產兒。由於媽媽說不出孩子的爸爸是誰，在家族強力的責備之下一走了之，幾年來毫無音訊，喪偶的外婆只好照顧他。外婆希望他是個有福氣的孩子，所以幫他取名阿福。由於外婆年紀大，沒有工作能力，只有做資源回收，因此收入很有限，所以祖孫兩人生活清苦。

雖然他反應上比同齡孩子還慢很多，但是幸好身體的成長還算正常，所以平時常幫外婆的忙。

自從老闆知道他的身世之後，他來買麵包時，就象徵性地收他一枚小銅板。沒想到有一回，外婆牽著他來，指著他手上的麵包問老闆：「阿福是不是來偷麵包？不然手上的錢怎麼都在。」此時老闆說：「阿福是乖孩子，沒有偷麵包，他買的是『烤壞的』，所以賣他便宜一點啦！」外婆聽了終於放心，還不斷地感謝老闆的菩薩心腸。就這樣，阿福每次來買麵包，就說要買壞的。

聽了老闆的話，心中忽然湧上一股暖流。想想，阿福真的如他外婆所說，是個有福氣的人，否則怎麼會遇上善心的老闆呢？虔誠地祝福他。

108.11.27《聯合報》

種菸歲月

趁年假回美濃，看到屋後走過六十多年歲月的斑駁菸樓，因菸葉的停種而功成身退。它已少了往日全家人聚在一起工作的熱鬧，也失去了支撐全家經濟的風華，如今成了放農具的倉庫。

雖然菸樓的風光不再，但全家人投入種菸工作的艱辛，卻銘刻在我內心深處，因為種菸的日子裡，一家人必須各司其職，發揮團結的精神，讓每個環節的工作能順利進行。

每年中秋一過，第二季稻穀收成後，農人開始翻土，再把一大塊翻好土的田，分成一行行的。大人在田的兩邊牽著繩子，小朋友就在行與繩子交接的地方，放下一小撮的穀皮做記號，然後大人在做好記號的地方放上約半尺高的菸苗。大人們把一棵棵的菸苗種好後，會從水溝引來水，此時小朋友用水勺把水舀起，淋在剛種好的菸苗上，大人們繼續種下一坵田。

由於立秋過後晝短夜長，所以不管大人小孩，都要以很快的速度把分配好的工作做完，否則天一黑，勢必影響工作的進度，弄到三更半夜才能回家。

菸葉種好後接著施肥、除草、灑農藥，這些粗重的工作，小朋友不必參與。當菸苗長至成人般高，約十至十二片葉子時，為了保住葉片的養分，必須把它的芯拗斷，免得它繼續往上竄。少了芯之後，葉子與梗子之間又會長芽，這時小朋友又得幫忙了。

由於菸葉會產生菸油，黏上衣服就難以清洗，所以要下菸田摘菸芽，大家都得外穿舊衣服，當時都拿麵粉袋或肥料袋縫製。由於小朋友個子矮，他們做前鋒，專門摘矮的部分。大人跟後，除了可以補摘小朋友沒摘到的，也順便把高的部分摘除。

當肥大翠綠的菸葉，慢慢地變成接近淺淺的米黃時，就開始採收菸葉了。它每七天採收一次，下午摘回家，第二天就要進菸樓薰。一次需要十個成年人，每一棵從底往上摘，一棵採兩片。摘菸葉時，女性包了頭巾再戴上斗笠，剩下兩顆眼睛。每人一行從頭摘到尾，把摘好的菸葉放在田埂上。男性負責把這些菸葉用麻袋挑到停牛車的地方，一層層地把它疊好，再運送回家放在禾埕上。

由於摘菸工作七天一次，每次需要的人力多，所以我們五家聯合，一家出兩個人，今天劉家，明天陳家，五天輪完休息兩天，又重頭輪起。當時我們把它稱作換工，若哪家臨時缺人手，就得另請他人遞補。

摘菸的次日一大早，昨天摘菸的人馬會來到禾埕上，把昨天的菸葉穿在菸桿上。菸桿是竹子做的，約六尺長，如養樂多瓶子粗，前後有兩個洞連上一條白線，每桿大約穿上二十四片菸葉。當所有的菸葉都穿好後，就掛在菸樓裡的架子上。

從第二天開始，就得進行二十四小時的薰菸工作，它時時要控制溫度，這些大多由男丁輪流。約五天後燻乾了，就把黃橙橙的菸葉從菸架取下。每天晚飯後一家大小，就忙著把這些薰好的菸葉，從菸桿上拿下來裝箱，這些菸桿就留待下次再派上用場。

摘菸工作就這樣周而復始，到農曆春節前大都可以結束。過完年後，大人們開始把薰好的菸葉，攤在矮桌上分等級，等待公賣局通知繳收的時間。繳菸對菸家來說是盛事，因為菸葉繳了就可拿到錢，它分上下兩期。通常第一期領不到什麼錢，因為扣掉預支的農藥、肥料或貸款，其實所剩無幾。不過為了犒賞一家人的辛苦，當家的會以拜土地公為由，讓家裡加菜，或是讓我們吃一碗粄條。

種菸的工作雖然要辛苦半年，但是它有保障，所以算是高經濟作物，它讓農家生活穩定。最近幾年政府不再開放種植，所以美濃一望無盡的菸田景象，已成了過去的故事。如今只留下曾經帶給全家人歡笑和流下汗水的菸樓。每次站在菸樓邊，我會想起很多屬於菸樓的陳年往事，也懷念全家胼手胝足的種菸歲月。

108.10《警友雜誌》

她用淚水讓種子發芽

四年前，常看到林家移工阿林在陽台上哭泣。那天她又哭了，趁機問她為什麼哭了，她用簡單的英語回答：自己第一次來台灣，只會幾句國語，偏偏阿公口音很重，因聽不懂阿公的話，阿公以為她偷懶，就常罵她，還用拐杖打她。

她的話讓我好難過。想想，正值青春年華，為了生活離鄉背井來工作，因語言不通而受盡委屈。當下我告訴她，我願意教她一些簡單的會話，她可以趁阿公休息時來學。

從第二天開始，她只要把家事打理好，就到我家來。為了方便她學習，我找來簡單的繪本，希望透過圖文的搭配講解，讓她學得更快。

阿林很認真，用自己的方式勤作筆記。每次推阿公去公園時，別人滑手機、聊天，她就努力地又寫又念，遇上不懂的就請教旁人。

如今阿林會說國語、會寫國字，我看到曾經播下的種子，終於開花結果。

108.1.7《聯合報》，本文應徵「燦爛的果實」徵文入選

嫁妝

我的縫衣機數十年來一直很好車，很少出狀況。但是一連幾天，在車縫衣服時，針腳地方都不順暢，老是卡卡的，結果車出來的衣服上面平整，底部有跳針的現象，線都揪成一團，很難看。

因這情形很少見，所以我請來修針車的師傅，希望他能幫我忙找出問題。那天師傅一進門，看到我的縫衣機，馬上說：「這是四、五十年前的車子，怎麼還那麼新，能把它保養得這麼好，不容易呀！」我點頭表示他很專業，一眼就看出它出廠的年代。

我也告訴他，這是我結婚時父母送給我的嫁妝。父母希望我當了媳婦之後，有台縫衣機，能幫公婆或姑叔做做新衣或縫補什麼的。由於我婚前就學過裁縫，要做簡單的衣褲對我來說不難，所以還住在婆家時，父母所交代的事，我都用心認真地完成。

搬出婆家後，隨著孩子的出生，我不僅用這台縫衣機幫孩子做些穿的、玩的、用的，還利用它做謀生的工具，接些成衣來加工，賺些工錢貼補家用。當成衣從工廠大量生產後，我改作拼布包自做自銷，還採用客製化，所以有穩定的收入。

這一路走來，我靠著這台縫衣機，完成了自己很多的心願。在我心裡，它不僅僅是一台生產工具，也是我工作的好夥伴，還有一份父母對我的期待。為了珍惜它，每天忙完工作後要封蓋前，我一定細心地把它試擦乾淨，讓它完好如新。這或許就是師傅驚訝的原因。

那天經過師傅的調整後，它又恢復了原來的順暢功能，讓我工作順利。每次打開縫衣機，我都感激父母在經濟最困難的當時，還買這麼貴重的縫衣機當我的嫁妝，那份愛讓我終生感動。為了不辜負父母，我善用這份嫁妝，幾十年來它一直是我家經濟的大支柱，也是我最得力的助手。

108.2.5《人間福報》

那天，在醫院

儘管近來疫情蔓延，人心惶惶，但是我那八十多歲臨時失禁的另一半，卻能在許多人避之唯恐不及的醫院長廊上，遇到熱心願意伸出援手的人。

那天當我幫外子辦好出院手續後，已經快中午十二點。住了幾天的醫院，他的健康恢復了，終於可以出院。能「出院」對病人和家屬來說，是件開心的事。雖然歸心似箭，想盡快地回到家，但是身體虛弱、拄著拐杖的他，腳步無法和心境配合，難以健步如飛，只能一小步一小步地移動雙腳，走在那冷冷的長廊上。

才走沒幾步，他說：「想上洗手間。」我要他忍一下，前面轉角處就有洗手間了。沒想到我話都還沒說完，就看到有穢物從他的兩隻褲管滑出，而且隨著腳步的移動，斷斷續續地出現在走道上。

我被這突如其來的狀況嚇住了，不知所措。他也羞愧地低著頭，靠在牆壁上。我連忙站在一旁，向路過的人說：「對不起！請小心，別踩到了。」有人聽到我的話，抬頭看了我一眼，就快步離開。有人「喔」了一聲轉個腳步，繼續地往前走。

不知走過多少人後，忽然有個年約六十歲、頭髮灰白、戴著灰色口罩的先生，回過頭來站在我面前說：「小姐！天氣這麼冷，妳快把老先生帶去洗手間清洗，這邊我來處理就好。」聽他這麼說，我才想到滿身污穢的他還站在那兒。

當我攙扶著外子要離去時，我又回頭看看這位先生。我看他不像清潔人員，沒穿制服，也沒拿清潔用具。他手上只有一個小公事包，不知要如何處理這棘手的問題？或許他看出我的疑慮，連忙對著我說：「放心！我會打電話叫人來清理的。」

知道對方可以幫忙，我連忙陪著外子進了洗手間，為了安全我讓他坐在馬桶蓋上。由於我沒有濕紙巾，只好把衛生紙放在洗手盆，讓它浸濕後，再幫他拭擦。因水龍頭是感應的，水量非常小，所以擦洗速度非常慢。

就在我忙著進出時，被一位身著黑外套、戴著粉色口罩、正路過門口的小姐看見了。她停下腳步看了幾秒後，連忙從大包包裡拿出一包濕紙巾，和一條全新的休閒褲塞給我。她表示他爸爸就住在樓上病房，這些是她剛買的，正好我有急用，就分些給我，不是刻意，是巧合也是緣分。

我邊聽她說話，邊忙著替外子換上乾淨的衣物，就在我還來不及向她道謝時，她已經離開了。看著長廊上漸走漸遠的背影，我的視線一再地模糊。

在回家的路上，我一想到疫情當前，在醫院的長廊上，有人願意停下腳步幫助我們，那份慈悲情懷多麼崇高難得。

雖然他們都戴了口罩，我無法看清他們的容貌，但是他們溫暖誠懇的聲音和動作，已牢牢地烙在我心深處。我相信這輩子，不會忘記在某個關鍵時刻，曾經有兩位熱心人士，給了我最珍貴的協助。

109.5.24《聯合報》

攤商的生意哲學

每天在菜市場做生意，很喜歡看身邊的攤友們作生意的小竅門。雖然每個人個性不同，賣的東西也不一樣，但要如何把東西賣出去，卻是每個人共同的目標。而要如何達成目標，就要看個人的本事了。

身材高大、皮膚黝黑的「菲律賓」，因他來自菲律賓，大家又不知道他的名字，就乾脆叫他菲律賓。他是菲僑的後裔，會簡單的台語。大學畢業後就來台灣，一開始因人生地不熟，又不會中文，所以只好在台北橋下，當搬貨、打雜的臨時工。

因勤儉吃苦，被貨車老闆選為女婿。成為台灣女婿後，他跟著太太四處擺攤賣女裝。在尚未拿到身分證前，他只要看到警察，拔腿就跑滿臉驚慌，本以為他是有案在身，原來是他還沒有台灣身分證。

他個性溫和，雖不會國語、不識國字，台語也不是很輪轉，但他很用心地做生意。遇上講台語的阿嬤，他會很有耐心慢慢地聽客人的要求，不斷地找尺碼讓阿嬤們試穿。不管客人如何挑剔，只要有客人合適的衣服，他都可以軟硬兼施地把生意做成。當客人欲離去時，他一定會向對方深深一鞠躬，感謝對方的捧場，然後說：「阿嬤！下次記得要再來唷！」遇上講國語的他聽不懂，就很客氣地請旁人幫忙講解，不厭其煩地重複，就是要把衣服賣出。雖然是個大男人賣女裝，卻比女人賣得更好。

個兒瘦小的水果林，雖長得不高，但腦筋靈活、動作俐落，上貨卸貨快、狠、準，嘴巴甜如蜜。看到客人就是「阿姨呀！您好！您早！快來試吃，今天的水果特別甜。」他很能抓住婆婆媽媽的心，秤好了，錢付了，還會送幾個給小孫子吃。這動作讓婆婆媽媽們樂得笑開懷。

聽說念書時，他在放牛班，每天帶著同學翹課、翻牆，到外面買東西給同學吃。因為他是長孫，爺爺寵他，每天給他百元零用錢。由於他好玩又不愛念書，老師屢勸不聽，多次請他爺爺來溝通，商量如何管教他。

他爺爺沒為難他，只告訴他書不會念沒關係，就是不能學壞。只要不學壞，在台灣賺一口飯吃沒問題。

他謹記爺爺的話，退伍後在一家水果行當司機兼送貨員。他每天緊跟在老闆身邊，看著老闆如何進貨及出貨，又如何抓不同水果的利潤。聰明的他很快地就學會水果進出的流程，及該有利潤的拿捏。經過一年的磨練和學習，他辭去工作，在市場租攤位賣水果。

由於對水果的批售，他有豐富的經驗，又很懂產銷學。於是他直接與果農簽約，水果直接從產地批來，因沒經過中盤商，所以又新鮮又便宜，因此很得消費者的信賴。

許多客人為了感謝他，會在年節時向他下大量的訂單，買水果當禮物分送員工，還會介紹別區的客源來捧場，讓他財源滾滾。

比起菲律賓和水果林，四十多歲未婚、身材姣好、皮膚白皙的美美，做起生意來，絕不讓他們專美於前。因她是女人，所以更瞭解女人，又懂得行銷和發揮創意，專門用不同顏色的蔬果，經過精心的調理和設計，做一些清淡的小菜和果凍。

每一道都講究口感和色、香、味，加上不油不膩、清新爽口。她不僅為每一道菜取個好聽的名字，並以健康、美容、抗癌、瘦身……來作為主體廣告。想想，哪個女人看了這個活廣告，能不心動、不掏荷包？

每次看到這些攤商們，用自己的方式銷售產品，讓生意做得很順利，我除了從中看到他們的努力和用心，也從中學到一些課堂上老師沒教的小細節，並深深地體會出，在攤商很多、競爭激烈的菜市場，要有好生意是不容易的，必須有縝密的生意哲學，才能脫穎而出。

109.3《警友雜誌》

彈呀彈，彈出一床溫暖

一連幾天的陰雨，讓原本就冷的天氣變得更加濕冷。好不容易看到暖洋洋的太陽，把銀光灑滿地。為了不辜負大好陽光，我把墊被拿出來曬曬。

那是幾十年的手工棉被，米白的棉花已變褐色，四個角落也已破損，我只好把它拿來當墊被。我之所以捨不得丟，是因為那是父母給我的嫁妝，看到它就像看到父母一樣，既親切又溫暖。

每次看到這床被子，我就想起小時候到同學小雅家，看她兄長彈棉被的情景。她家開棉被店，店裡有一個木板做的大床鋪。她爸爸把一綑綑未被彈過的棉花（俗稱原棉）先秤好需要的重量（因為每個人的需求不一樣），然後依尺寸，把棉花橫豎地鋪疊在大床上。

鋪好後開始工作前，先在腰上綁個約六尺長如鴿子蛋般粗的竹子，它如釣竿般吊住約四尺長ㄇ字型、用牛筋為弦的木弓。這竹子可支撐弓的力量，也可減輕彈者握弓的壓力。

當彈者左手握弓、右手拿著棉花棰不斷地敲擊時，放在棉花上的弦，會發出有節奏悅耳的叮噹聲。結團或塊狀的棉花經過弦的來回彈動，會慢慢地鬆開均勻，也會輕飄飛揚，因此屋裡不能吹電扇。而彈棉花必須面面俱到，讓整床都平整需要不停地走動，還要揮動雙手，很辛苦而且滿身大汗。所以她爸爸都光著上身，下半身就穿著短褲。

當整床的棉花都彈均勻後，她媽媽會在床的一邊拿著一綑紅線，她爸爸在對面用細長的竹子，把線勾過來壓在棉被上。紅線壓好換白線，兩線在來回中穿梭。當線壓好之後，再蓋上白線織的細格網子，這樣讓棉絮緊實。把一面做好後再換一面，兩面都做好就收邊，把邊邊角角不整齊的部分要壓、要縫的，都要整理乾淨。

接著要用木質做的，圓形如中臉盆般大、幾吋深，中間有個橫槓可提的輪斗，不斷地在被上來回挪壓，讓往後用起來不會因拉扯而變形。當整床都壓好後，嶄新又溫暖的棉被才算大功告成。

由於六、七〇年代台灣經濟起飛，每家人口多，棉被的需求量大，所以他家生意興隆。她爸爸即使把背都彈駝了，還是不夠賣。後來她哥哥退伍了，就加入彈棉被的行列。哥哥年輕力道足，彈起棉被來又快又好，產量比爸爸豐富，真是青出於藍更勝於藍。

我喜歡看他彈棉被，像彈吉他一樣地輕鬆快樂。尤其是他邊彈邊吹著當時最流行的「桂河大橋」主題曲的旋律，那種搖頭晃腦的酷模樣，絕對可媲美周杰倫。

他們父子就這樣，一年四季都在木床上，憑著真實功夫，認真地彈呀彈的，彈出一床床帶給他人溫暖的棉被。

雖然科技的進步，帶來輕薄實用又便宜的各種被子，但是我還是非常喜歡有質感、又堅固耐用的手彈棉被，也很懷念那段背著弟弟，看阿伯父子彈棉被的有趣情景。

109.4.4《聯合報》

第三輯

故事就從這兒開始

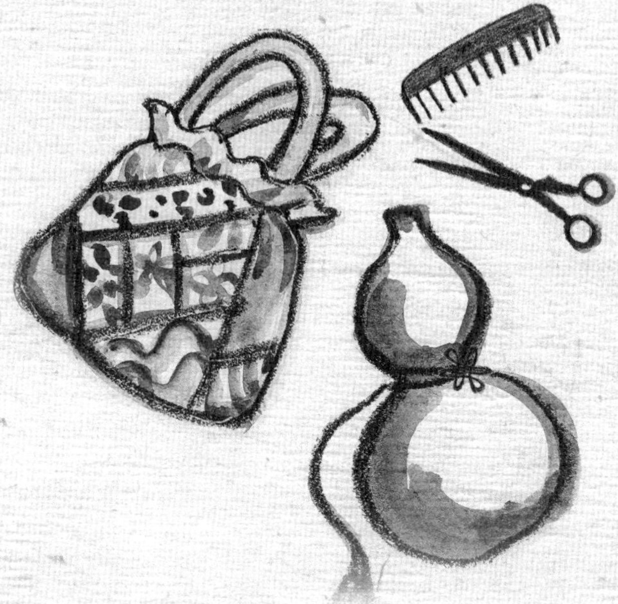

善用初老的優勢

身邊的幾位親友六十多歲退休，悠閒了一陣子後，忽然發現生活少了重心。每天除了去當志工或學些才藝外，剩下來的時間就不知道該怎麼辦，久而久之會有點心慌，而且還有浪費生命的罪惡感。

為了讓自己人生的後半段活得精采，也為了不讓自己健康的身體，就在無所事事之下虛度了，於是他們相繼地有了想重返職場的願望，只希望用自己剩餘的生命，為社會盡份力。

而大家都清楚，這把年紀要重新找工作並非易事。雖然論體力、論動作反應，他們不是年輕人的對手，但是論經歷、論抗壓，他們卻是有足夠的優勢來應對進退。因人生歷練豐富，又有吃苦耐勞的精神，這些都是不讓年輕人專美於前的根基。更更重要的是，他們知進退，什麼時候該蹲下，什麼時候該彎腰，該如何取捨、拿捏，自有一番寶貴的經驗。

就在他們不為福利、不計較薪資下，幾位朋友都陸續地回到職場。曾經是護理師的小凡，在住家附近的診所，找到晚上六點到九點的工作，負責掛號叫號和偶爾打個針。這工作對她來說不難，時間又不長，很合適她的需求。即使很多的時候，並不能準時下班，她都可以接受。畢竟誰都沒辦法預料，都要打烊了，又忽然來個病人，只好延後下班。

曾經是一家公司管理階層的張哥，進了一家新開張的賣場，負責某部分的人事調動及工作分配的管理。結果因他懂得尊重和負責，也知道帶人要帶心、凡事要以身作則的道理，讓他負責的部門很快地上了軌道，工作效率始終領先別的部門，讓老闆很開心，其他部門的同事除了刮目相看，還紛紛來向他討教成功的秘訣。

陳姐退休前在某餐廳廚房待過，對廚房裡的相關作業瞭若指掌。她找到一間以中、晚餐為主的自助餐餐廳，還包括外送。雖然上班時間是早上九點到下午兩點，但是陳姐常常忙完了家事就到餐廳去了，幫忙這個那個。下班時間到了，她只要看到別的同事的工作還沒完成，也會留下來幫忙。老闆很欣賞她這種處處為東家著想的工作態度，經常額外送她禮物。

他們就是這樣，為了工作能屈能伸，不倚老賣老。更可貴的是耐心十足，用自己過去的經驗，發揮在現今的職場上，不僅能讓工作得心應手，帶來工作的樂趣與成就感，還為人生開闢了另一個春天。為此更讓他們感受到活著的意義和價值，會是如此的趣味和豐富。

108.12.10《中華日報》

婆婆的嫁妝

我家的衣櫃是婆婆的嫁妝，上截是可打開的門，下截是兩個抽屜。聽婆婆說，當年她要結婚時，外公為了給她添妝，特別變賣了很多隻家禽，才勉強湊足錢買一個檜木做的衣櫃，讓她風風光光地嫁入婆家。

婆婆在世時，她櫃子的上截放著疊得整整齊齊的衣服，下截的抽屜則放著萬金油、蘿蔔乾、剪刀、針線、小魚乾……每次看到婆婆拉開抽屜時，我會說：「這個衣櫃還真像小小雜貨店，裡面的東西包羅萬象，還五味雜陳。」此時外子會向我使個眼色，怕我多說了惹得婆婆不高興。很慶幸的是，每次婆婆聽了都笑呵呵，覺得我說得真對。

衣櫃因年代已久，所以門上的木栓已斷了，抽屜上的靶子也掉了，婆婆過世後一直就擺在她房間的角落，任由蟑螂、老鼠進出。

有一年外子兄弟分家時，值錢的都被分完了，我和外子說：「我們就分這個衣櫃吧！它是婆婆的嫁妝，跟了婆婆一輩子，我們看到它就像看到婆婆一樣，很珍貴的。」

外子把衣櫃重新漆上亮光漆，再把門閂和抽屜靶子重新修好，看起來就像新的，很復古又很時尚。他還把上截隔層，一層放族譜，一層放家人數十年來的相簿，讓家人需要時可信手拈來，非常方便。在下截的抽屜裡，他擺著不同的字典和書籍，分門別類很完整，還在上方掛了一個牌子，寫著各種書名。

這個衣櫃就是這樣，它傳承了兩個世代，因生活型態的改變，它的功能也在不知不覺中跟著調整。婆婆的年代生活清苦，要儲存一些乾糧，偏偏沒有冰箱，所以只好把它放在裡頭，免得被鼠輩們偷食。

到了我這一代，豐衣足食，外食又方便，更有大冰箱保護食物的新鮮，所以不必儲乾糧了，讓衣櫃變書櫃。

每次在衣櫃上取書，看著嶄新的它，我除了懷念婆婆，也感謝外公在缺乏的年代，還給了婆婆這麼珍貴的嫁妝，讓無盡的愛可以繼續傳承。

108.11.18《人間福報》，本文入選「衣櫃」徵文

帶她去旅行

昨天在巷口遇上經常一起爬山的陳哥，又拉著粉色行旅箱要帶太太去旅行了。我順口問他，這回要去哪兒，他笑著說：「要去冰島，大概要半個月才能回來。」我祝他一路平安。假如我沒記錯，這次是陳哥退休三年來，第四次帶著陳嫂去旅行。

陳哥的爸爸姓林，是入贅給陳姓的媽媽，因他是大兒子，所以從母姓。偏偏他媽媽就生他這麼一個孩子，所以一直以來，他承載著父母兩姓的傳承壓力。

他年幼失怙，很傳統的媽媽對他的教育是嚴厲的。幸好他努力上進，學業、事業一路順遂，讓他媽媽引以為傲。

婚後的陳哥陳嫂原本計畫雙雙到國外念個學位，工作安定後再生兒育女。他們的計畫被媽媽否定，陳媽媽認為一個女人，婚都結了，還念什麼書，還是趕快生幾個兒子，來為兩家傳煙火。

為了這件事，婆媳有點小摩擦。陳嫂想趁年輕多讀點書的希望，終究因婆婆的觀念而取消，所以她很在意。

當連續兩個女兒出生後，婆婆對陳嫂開始出現不滿，除了在別人面前對她酸言酸語之外，也常會在他們夫妻面前提到，誰家最近添了一個男丁，或是某家媳婦很了不起，已經連生三個兒子了……諸如此類的語言霸凌，對他們夫妻來說，是很尷尬也很無助的。

陳哥曾不只一次地提醒媽媽，生女兒不是陳嫂的錯，她白天上班，晚上還要照顧孩子，已經很辛苦了，希望媽媽體諒一下，不要在她面前再提這些事了，一切就隨緣吧！

陳嫂對陳哥的貼心相挺一直謹記在心，她很清楚陳哥這塊夾心餅乾內心的痛苦和煎熬。為了要幫陳哥爭一口氣，她瞞著陳哥偷偷地停止避孕，沒多久真的也懷上了。

沒想到懷孕三個月之後，她服務的公司在大陸設廠，她身為一級主管，必須經常到大陸出差。或許是長途奔波加上工作壓力大，懷孕五個多月時就流產了，而且確定是男丁。

或許是這件事對她打擊太大，從那以後她身體一直不好，只好暫時放下工作，在家調理身子。只是一年多後，她還是放下家人走了。

聽陳哥說，在她調養期間曾提過，想去歐洲玩玩，只因健康差所以沒有成行。當時陳哥曾答應，等他退休後，一定會帶著她去遊山玩水。

就這樣，每隔一段時間，陳哥就帶著陳嫂的照片，去她想去的地方，來完成她未完成的夢。如今，他又將踏上旅程，帶著太太去旅行，我虔誠地祝福他。

108.11.20《聯合報》

多謝！您的用心我看到了

雖然我搭公車是免費的，但每次外出，我還是習慣騎機車，因為騎機車方便又快速，少了許多等車時間。

那天早上有事必須外出，卻因為雨勢不小，我只好選擇搭公車，那是上班時間，車上人很擠。

由於一路上上下車的人很多，所以車子走走停停。當車子到了某醫學院的站牌邊時，儘管有乘客按鈴，但車子並沒有立刻停住，還是慢慢地往前滑。大概滑過五十公尺時，車子才停住開了門，讓兩位年長的阿嬤下車。

就在她們下車的時候，司機先生說：「阿嬤！對不住啊！路邊機車這麼多，我找個寬敞一點的地方讓您們下車，這樣比較安全，但是您們就得多走幾步啦！」此時兩個阿嬤異口同聲地回答：「多謝！您的用心我看到了。」

無意中聽到這段對話，讓在車上昏昏欲睡的我，忽然眼睛一亮。喔！好感動。

108.9.14《聯合報》

微鹹的四破魚

那天在菜市場，看到魚攤上用竹篩放著蒸熟的四破魚，它如成人的中指般大小。聽老闆說這種魚好吃又營養，最最重要的是它很廉價，三條、兩條都可以買，不需要幾塊錢，把它煎一煎灑點醬油，要帶便當或佐餐都很下飯。

看到那排列整齊、黑褐色的四破魚，我既熟悉又陌生，思緒被拉回六十多年前，念小一時的午餐情景。那是鄉下的小學校，學生兩個年級加起來只有幾十個人，大家打赤腳、衣衫破舊、滿口方言。

父母為了家計，透早就出門下田種作，我們帶著鋁製的便當就上學了。便當裡除了摻著幾粒飯的地瓜簽，就是一撮由綠轉黑的地瓜葉，或鹹得讓人齒寒的一片蘿蔔乾。

由於那是戰後百廢待舉的年代，學校有一位校長、兩位老師。他們都是從大陸來台、參加過抗戰的軍人，因戰爭結束了，被派來缺乏師資的鄉下執教。他們鄉音好重，又碰到我們這些鄉下孩子，傻呼呼的，要學個注音符號都很難。因此校長兼敲鐘的，有時候也會來上課加強教學，希望我們能有所進步。

有一回第四節下課了，校長還在擦黑板，帶便當的同學已忍不住拿出便當開始吃飯了。同學們把便當蓋子只挪開一個手指般的縫，一隻手拿筷子，一隻手按住蓋子，就這樣在吃飯。

校長看了很好奇，問我們為什麼不把蓋子掀開，吃起來比較方便。當我們紅著臉不知如何回答時，有位後座的男生說：「沒有菜怕被笑啦！」校長聽完臉一沉，沒說什麼就走出教室了。

從那天以後，每星期的一三五，只要我們讀整天的午餐時間，校長會拎著一個被刷得有點變形、裡面裝著炸過的四破魚的鍋子進教室。他要我們把便當蓋打開，每人分三條加了少許鹽、炸得香香酥酥的四破魚。

一開始我們面對校長這樣的動作，嚇得不知所措，大家面面相覷、不敢下箸。當校長說：「孩子們！快吃吧！」的時候，有些女同學聽了後忽然哭了。

那一年校長一直都這樣，每個午餐都讓我們有魚吃，滿足了我們的口福，也讓我們享受到掀開便當蓋子吃飯的樂趣和自在。

一年級暑假後，校長就調到城裡去了。雖然我們很想念他，但因年紀過小、識字不多，加上他鄉音重，我們只知道他是姓李或是黎。

儘管六十多年過去了，同學們提起這件往事，大家還是眼眶泛紅。非常感謝校長在萬物缺乏的年代，用小小的四破魚，豐盛了我們的午餐，為我們的童年留下美好難忘的記憶。

如今我只要看到四破魚，一定買它幾條，用它來懷念校長無盡的愛。遺憾的是，我用盡方法所料理出來的四破魚，就是吃不出當時的味道，我想這該是少了對孩子們無私的愛吧！

108.10.20《聯合報》

有她們真好

家裡的親友，家家都有年邁的老人，於是大家相聚時，所談的都離不開一些老人經。

堂哥九十歲了，身體硬朗的他失智好些年了。因為失智，連家人都認不得，認錯是司空見慣的，大家習以為常。畢竟這是不可逆的老化過程。雖然身邊瑣事對他來說能記得的不多，但是他熱愛棒球的信念卻始終存在著。

他不愛洗澡，每次家人要他洗澡時，他不是說已經洗好了，就是大發脾氣罵家人，讓子女很為難。有時好話說盡都不見效時，他家的移工小月就會說：「爺爺！棒球場今天有比賽唷！您要不要去看球呀？」此時他無神的眼睛隨之發亮。小月看到了會繼續說：「那我們先洗澡，換上乾淨的衣服再去唷！」她就是常用這個方式讓爺爺洗澡。

媽媽九十八高齡了，有的時候用餐時間，她會說不想吃，或吃幾口就不吃了。面對這種情形，弟弟們總是又哄又騙的，但是總有不靈光的時候，此時她身邊的瑪麗亞會提高聲量說：「阿嬤不吃飯，那我就拿去『倒掉』呦。」

由於媽媽節儉成習，不會浪費任何一點食物，所以她只要聽到瑪麗亞要去倒掉時，都會說要倒掉很可惜，還是給她吃吧！

無獨有偶，外子也經常說他不吃飯，不然就說我已經喝牛奶了，要不就說我明天再吃，反正他不想吃飯就有一大堆理由，還會經常罵我，一天到晚都叫他吃飯。

不知是對家人可使性子，還是他不好意思罵別人，自從家裡來了印尼的威娜之後，她請他吃飯時，即使不吃口氣也會平和些。此時威娜會告訴他，「若是不吃飯太太會生氣，萬一把我趕走了，我沒工作，那兩個孩子怎麼辦呀？」說著說著就低下頭，發出嗚……嗚……聲裝可憐。

每次外子看到她為了他不吃飯，就怕丟工作的傷心模樣，會連忙說：

「我吃！我吃！但是不能煮太多喔！」就這樣，外子因有正常吃飯，健康慢慢地恢復了。

相信諸如此類的故事，一直在許許多多的家庭上演著。每次聽到或看到移工們為了幫助雇主，用心良苦地照顧這些長輩們時，我都很感動也很感謝。是她們的努力付出，才讓身為家屬的我們可以安心工作，所以我們真的要多感謝她們。畢竟有她們真好。

109.3.13《聯合報》

有一天我們也會老

我常想，長期在照顧失智長輩的人，在很無助時，若能有同理心，想到自己有一天也會老，或許心情會平衡些。

南部姪女寄來一箱橙色小番茄，我把它分成小包分享鄰居。當我到鄭奶奶家時，看到八十歲的鄭太太，正在餵九十七歲的鄭奶奶吃稀飯。鄭奶奶已經有些失智了，所以吃著吃著會無意識地突然推掉鄭太太手上的碗，讓碗掉在地上，稀飯灑滿地。

鄭太太幫婆婆把嘴巴擦乾淨後，就安撫她坐在沙發上，自己再蹲在地上處理汙穢。看她要蹲下有點困難，把地擦乾淨了要起身還得扶著椅子，我連忙走近攙扶她。

雖然以她的年紀要照顧婆婆很吃力，但她很有耐心，總是和顏悅色地陪著婆婆。婆婆的狀況時好時壞，有時會握著她的手哭著說：「妳真是個好媳婦，比我自己生的兒子女兒還孝順。」。

有時會問「妳是誰呀？怎麼一直跟著我？是不是要搶我的東西？」每次遇上婆婆有異常行為，她除了耐心安撫，也會感到身心俱疲。不過她都會告訴自己，婆婆因為老化，所以這些都是正常的過程，有一天自己也會老，也會走一樣的路。

或許是她有這份認知，所以即使兩個小叔夫妻對婆婆的生活都不聞不問，她也從無怨言。要讓婆婆過好每一天，是她在丈夫嚥下最後一口氣前，答應丈夫的。她不曾反悔，相信自己可以照顧好婆婆。

天氣好時，她用輪椅把婆婆推到公園散步，讓婆婆曬曬太陽，看看公園裡的風景。

婆婆清醒時，會向路人打招呼，是個慈祥的老奶奶。不清醒時會胡言亂語，甚至亂罵人，不過這些都不影響她對婆婆的孝心。

雖然她每天要照顧婆婆很累，但是她很體諒婆婆日常的行為，她知道那是無心的。她就是這樣，全心把婆婆照顧好，至於其他的就雲淡風輕地帶過。因為她深信有一天自己也會老，也會這樣，所以要以寬容的心來面對，這樣日子才好過。

108.4.28《醒世雜誌》

小角落裡的溫暖

這幾天老公因健康出了一點狀況，住進了某醫學醫院急診室。急診室裡人滿為患，整天鬧哄哄的。有小朋友的哭鬧聲，有病人的呻吟聲，還有家屬和醫生的討論聲，以及二十四小時播不停的電視新聞。

夜深時，病人漸漸少後，急診室裡也慢慢地靜了下來。原以為病人和陪伴的家屬，這下可以好好地休息。沒想到此時傳來斷斷續續的抽咽聲，因為每個病床的床幔都拉上了，所以不確定是哪個病床發出的。唯一確定的是，從她邊哭邊講的內容可知，這位太太的先生還很年輕，卻不幸得了重病。孩子還很小，她很怕萬一有什麼狀況，自己真的不知道怎麼辦……所以想著想著就悲從中來，忍不住地哭了。

在半夜的急診室忽然聽到哭聲，相信有很多人也會跟著難過，畢竟這不會是開心的事。或許是大家都處在緊張憂慮中，對這樣的情形特別敏感，也特別能以同理心相待。因此隔壁床來陪伴媽媽的一位中年先生聽到之後，或許他是基督徒，馬上拉開床幔，雙手作揖地禱起告來。看到有人禱告，左右鄰居大家也紛紛拉開床幔，加入禱告的行列。此時不管是信天主的、信耶穌的，或是信阿彌陀佛的，大家都一起來集氣，只希望這位先生能早日康復，讓太太安心。

由於急診室裡病人多，陪伴的家屬也很多，偏偏每一床只有分配一張椅子，也就是說，當時很多來陪伴病人的家屬，並沒有椅子可坐，是必須站著的。有位躺在病床上的阿公，看著他的孫子、兒子都站在他床邊沒椅子坐，於是從口袋掏出一個紅包袋交給兒子說：「這是過年大家給的，還有一千多塊，你就拿去買幾把椅子給大家坐吧！這樣大家就可以坐下來好好地休息。」

老伯伯的兒子猶豫了一下，拿了鈔票出去後，沒過多久就搬來一疊在造勢場子裡常看到的紅色四腳椅，分享給站著的家屬，讓站著的人可以有椅子坐著休息。

相信對任何家屬來說，在急診室陪病是很無奈又無助的，要耐著性子等待各種檢查的結果，有好結果當然最好，就算是虛驚一場，很快可以回家了；要是病情不樂觀，在擔心病情之餘，還要等待病房的分配。畢竟大醫院裡病人多、病床少，在一床難求之下，在急診室等病床，那份焦慮也是很磨人的。沒想到就在心情很沉重時，忽然看到這些陌生人，是這樣的以一己微薄之力，利用不同的方式來幫助需要的人。

看到那種發自肺腑的熱情行為，著實令人為之感動，無形中那份等待的無奈與焦慮，在不知不覺中消失了，一顆心頓時湧上一股溫暖。

108.8《警友之聲》

阿公疼大孫？

日前巧遇鄰居小珠，她是周家二媳婦，因周伯伯一個多月前走了，所以我問她：「後事都料理好啦？」她猛點頭後嘆了一口長氣，並告訴我一段往事。

周家有兩個兒子，她嫁的是老二，上面有個大哥。她嫁入周家時，大哥已有一個兩歲的兒子小傑。當時哥哥是失婚，工作集中在大陸，很少在台灣，因此小傑是由退休的公婆一起照顧。

為了省房租，他們婚後一直和公婆同住。婚後一年多，她生了一個兒子小明。雖然小明白天由公婆幫忙帶，但是晚上她必須自己照顧。或許是她白天要上班，晚上還要顧孩子，老公又經常出差不在身邊，有時力不從心時，總會抱怨公婆，只疼大孫不疼小孫。她認為都是孫子，為什麼公婆對小傑關愛比較多？

儘管她時有抱怨，但公婆從不發一語，就當一切都沒發生。小明四歲時她又生了一個女兒，此時的她更是忙碌，一不高興還會發小傑脾氣。每次她不高興時，公婆都會牽著小傑和小明到公園四處走走，順便買些吃的、用的回來。

由於小兄弟年齡相近，又同進同出，所以感情特別好，外人不知道他們是堂兄弟，還以為是親兄弟。小明念小三時，在放學的路上被闖紅燈的自用車撞到了。當時念小五的小傑立刻叫救護車，把小明送到醫院。當周伯伯趕去醫院時，小明因失血過多需要輸血，周伯伯連忙挽起袖子搶救小明。在小明住院期間，周伯伯更是寸步不離地照顧直到出院。

經過這件事之後，小珠對公婆的抱怨少多了，對小傑的關懷無形中也增加了。五、六年前她婆婆因急病驟逝，她公公因傷心過度，身體狀況變得很不好，此時小珠辭去工作專心當主婦。

這幾年來公公的身體時好時壞，前陣子因重感冒感染而住進醫院，這次他沒撐過就走了。要走的前兩天，拉著小珠的手欲言又止，好像有什麼話要告訴她，但終究因病重沒說出口。

事後在整理公公的遺物時，在書桌的抽屜裡發現寫著小珠名字的大信封。裡面有份房契，還有公婆簽名的一封信。信中的公婆一再地感謝她，這些年來對周家的付出，為了感謝她，特別用她的名字，在隔壁巷子買了一間房，孩子大了需要大一些的空間，住得舒服些。

看完信她難過地放聲大哭，感謝公婆這些年來的寬容與厚愛，也要感謝小傑一直以來把她們夫妻當親生父母一樣地孝順。如今的她覺得好幸福，因為不知不覺中多了一個兒子。

108.6.12《聯合報》

婆媳共命一鍋粥

清晨五點鐘左右還在賴床的我，總會被一陣陣從屋後飄來的紅蔥頭香「驚醒」。因天天都可聞到，所以我可從味道中聞出，它的火候是否剛好。火候過急或過大，它的香氣會帶點焦味，若火候大小適中，爆出來的香氣就特別乾爽。

每當香氣飄來，我就知道屋後的阿福嬸和她的越南媳婦阿春，正在忙著煮粥，要到市場口擺攤了。阿福嬸年近八十，身體硬朗，富富態態的她總是笑瞇瞇的，很有親和力，加上她煮的粥濃稠適中，食材又新鮮爽口，老少咸宜，所以生意很好。

聽她說她和吳念真導演是同村的，來自九份，從小家裡就貧窮，有稀飯可吃就算不錯了。她和礦工出身的阿福叔成婚後，本來一直住九份，後來遷村了，才來到台北。由於他們夫妻沒什麼學歷，在當時要謀生不容易。於是阿福叔到處打臨工，阿福嬸在家帶小孩，順便做加工，生活勉強過得去。

前些年阿福叔生病過世，她的兒子阿榮娶了越南媳婦阿春。兩個孫子陸續出生後，家庭的負擔變重了。為了貼補家用，喜歡美食的阿春想賣些早點。就這樣兒子和媳婦每天在市場口賣粥，阿福嬸就在家顧孫子。為了要讓粥味道佳，阿福嬸自己用豬油把紅蔥頭爆香，讓香氣四溢；另外她用豬大骨熬的湯來作粥的湯底。所以他家的粥，不管瘦肉粥、皮蛋粥，都風味奇佳、很受好評。

本以為家中收入穩定了，從此一家生活可放心了。沒想到兩年前，阿榮開車時被一個酒駕撞翻了，人車全毀。一場意外家裡剩下兩個寡婦，和一對嗷嗷待哺的孩子。從此婆媳成了生命共同體，抹去眼淚，堅強地承擔家計，繼續賣粥。

每次去買粥，都會聽到阿福嬸讚美媳婦阿春，不僅工作勤快，而且愛乾淨，總是把家裡打理得很好，她很慶幸能娶到這樣的好媳婦，每一回個性文靜的阿春就嘴角微揚，默默地在身邊幫忙。

很喜歡阿福嬸樂觀面對生命的正面態度，婆媳倆從無怨言，每天努力地工作，活出自己的一片天，讓一家人日子過好。

108.12.3《聯合報》

孝在疫情蔓延時

儘管疫情蔓延，外子最近還是因急病，不得已住了兩次醫院。醫院為控制疫情都嚴格管制，每天只能一人陪病。為了陪病，我在醫院的時間很長，也因為這樣，讓我有機會目睹在這樣的關鍵時刻，所出現的感人風景。

和外子同病房的一個八十多歲的阿伯，或許是心情不好，身體又不舒服，晚上睡不著就咿咿呀呀地説個不停。他六十多歲的媳婦總是左哄右騙地希望他好好地休息，免得影響別人的睡眠，偏偏他不聽。媳婦只好整晚用輪椅推著他，在長廊上來來回回，直到天露曙光。

每次看到她身心俱疲、一臉倦容，我都會説：「辛苦了，找個時間休息一下，補充體力，這裡有我會幫妳看一下的。」每一回她都無奈地點頭表示，人老了就是這樣，沒有安全感，心靜不下來，晚輩只能順著他們，就希望他早日康復趕快回家。

無獨有偶，隔壁病房的一位九十多歲的老奶奶，每天一直吵著要回家，而且聲量很大。每一次鬧情緒，她頭髮發白的已七十多歲的兒子，就會輕聲細語地安慰她並要她放心，明天檢查完就可以出院了。

而老奶奶就是聽不進兒子的話，她照樣地罵完醫生再罵護士，還不斷地問為什麼不讓她回家，讓她兒子在眾人面前很尷尬，不斷地向醫護人員道歉。

面對老媽媽的無理取鬧，她兒子總是耐著性子好言相勸，餵她吃飯，幫她擦身子、換尿布，沒有一絲不悅或有怨言。那份貼心和細心，看了真的令人很感動。

因大家整天都在人心惶惶的醫院待著，心情難免恐懼無助。但是能夠看到這些晚輩在看護難請的情況下，都站在第一線為父母做最貼心的照顧，即使動作不像專業那麼俐落，然而那份孝心是難能可貴的。

在醫院的那些天，看到醫護人員不眠不休地為病人服務，也看到了為人子媳的在長輩有病痛時，夜以繼日地陪伴，把孝藏在每個細節裡，讓孝心在言談舉止中不斷地散發。

或許是在我最無助時，讓我看到了這些人間真性情，讓我原本恐懼沉重的心，一時之間感覺輕鬆多了。而那多天來心中一直揮之不去的陰霾，也因為無意中多了這份溫暖，而變得開朗和充滿希望。

109.5.15《人間福報》

救命錢

這陣子外子住院，因疫情當前，整個醫院為了防疫，做足了各種防備，那緊張的氣氛，連我這個陪病的也感覺恐懼不安，不僅心力交瘁，而且身上的現金也在不知不覺中用盡了。

那天早上，我趁他吃完藥在休息時，盡快到醫院附近的郵局領一些錢，以備不時之需。領好錢走出郵局，我把整疊鈔票往右肩的包包一塞。也許是精神恍惚一時大意，鈔票沒塞進包包，滑落在地而我都沒感覺，一心只想加緊腳步盡快地回醫院，怕臨時有醫護人員要找我，告知下一個療程或商量什麼的。

我走著走著，隱約聽到有人在喊：「小姐！小姐！」我不以為意繼續前進，直到有人在我身邊氣喘吁吁地說：「小姐！您的錢掉了。」我才意會過來。看著那似曾相識的一疊鈔票，我激動地難以言語，只有不停地向對方鞠躬道謝。

長得一臉清秀、身子略胖的她，拍拍我肩膀表示這沒什麼，應該這麼做。此時我哽噎地告訴她：這是救命錢，對病人很重要，謝謝她還給了我。她聽了笑著揮手離去。

提到「救命錢」，讓我想起一個故事。在五、六〇年代台灣經濟奇差，那時沒有健保制度，生病住院時要先繳保證金，醫院才願意收病人。一般人除非病情重，否則都不會到大醫院求診。

當時婆家的姪子在高雄市開公車，他開的那路車會經過「高雄醫學院門口」的高醫站。由於當時該醫院在高雄算是設備較完善的大醫院，所以從四面八方來看病的人特別多。因此每次到了那一站，上下車的人就非常擁擠。乘客多的地方扒手就多，於是經常有人把看病的錢弄丟了。

他告訴我，扒手都是雙人行，趁人多擠來擠去時，扒了錢就傳給另外一個，然後立刻下車再找目標。有一回一位戴斗笠、光著腳、抱著一個包巾的阿嬤，到了醫學院站要下車時，發現自己的包包不見了，她嚇得腿軟跌坐在走道上，還大聲地哭喊：這是救命的錢，昨天才向左鄰右舍二十、三十借來的，沒有這五百元，她家的老爺無法順利住院開刀，就死定了，怎麼辦啊？嗚……嗚……

全車的人被這一幕驚呆了，有人立刻扶起阿嬤並安慰她，旁人看了也紛紛掏錢捐給阿嬤，希望她趕快把錢送去醫院救她家老爺。

姪子看到那阿嬤，就想到自己家種田的阿嬤，賺的都是血汗錢，卻被偷了，心裡非常難過，於是他經常利用機會提醒旅客，車上扒手多，請小心自己的財物，也會注意車上一些行動可疑的人。

有一回車上旅客不多，有兩位可疑的人站在他後面準備下車時，他利用等綠燈時刻向這兩位年輕人說：「年紀輕輕就找個工作來做，不能扒人家的錢，那是要救命的。」兩個年輕人互相使個眼色，沒說什麼，很快就下車了。

從那以後，他沒有再看到這兩個人出現在他車上，而在他車上也不再聽到有人喊：「小心！有扒手。」他很高興自己天天都為旅客做了提醒的服務，讓大家不再遺失錢財。

儘管錢是身外之物，不是萬能的，但是生病之時卻不能沒有錢繳醫藥費。即使在今天有健保補助，還是有很多項目必須自費的。慶幸在我們的身邊永遠都有像姪子和那天我遇上的姑娘一樣的好人，是他們的熱心，才讓我們的救命錢得以保住，真的感激不盡。

109.5《警友雜誌》

把古厝變圖書館

最近幾年，家裡的孩子都各自在外成家立業了，住的需求變少了。屋後的老房子因長輩們的陸續凋零，在無人照顧下，不僅屋外雜草叢生，屋內牆壁斑駁成了蚊子屋。

每次看到這些長輩們胼手胝足好不容易建立的家，就這樣變成了廢墟，心裡總是很不捨，覺得這樣荒廢著真可惜。畢竟那是我們的根，我們是在這兒長大的，這裡有我們很多患難與共、有笑有淚的共同記憶。

為了讓老屋重現風華，恢復它的利用價值，一家人經過不斷地開會溝通，希望集思廣益把它整修好。首先要把原來的大客廳改變成書房，因為這兒寬敞光線又好，椅子又多，很適合閱讀。有了書房，大家可以把家裡多出來的書，提供在這兒，讓大家閱讀。另外把原來的房間整理乾淨，添床添被，加裝冷氣，提供給外出的親友，偶爾回來時有個休息的地方。

記得剛有初識後，全家就分頭行動，大家出錢出力。有的負責設計，有的負責粉刷整地和水電工程。由於我們家人多，向心力又高，為了這樁工程，大家熱情爆表從各地趕回家，希望能為祖先盡份力。

就在大家同心協力下，屋後的老屋搖身一變，成了很現代的迷你家庭圖書館。那來自不同家庭的圖書，豐富了圖書館的內容，不僅提供了家族們閱讀，也歡迎隔壁鄰居來閱讀。鄰居們也很熱情，搬來自栽的盆景，放在不同的角落來美化環境，讓圖書館多了清新寧靜的風貌。

我常覺得家中的任何事，只要大家願意團結多用點心，就可以化腐朽為神奇。如今老屋變成圖書館，就是最好的見證。

108.11.13《自由時報》，本文入選「全家同心協力」徵文

我家就在幸福區

每次朋友問我：妳家在哪一區？當我回答「就在幸福區」時，他們總是滿臉疑惑。有人還會問我：這是新社區嗎？怎麼好像沒聽過。每到這個時候，我都會把我住的社區簡單地介紹一下，讓對方感受如同置身其區的幸福。

這兒只有兩條短巷子，是傳統的舊公寓，每家坪數約三十五坪上下，很適合一般小家庭居住。雖然位居市中心，但或許是只有七、八十戶住家，進出的車子或走動的人不多，所以沒什麼雜亂的聲音，可說是鬧中取靜。

記得剛住這兒的時候，每個月的清潔費都由鄰長來收。由於大家都不認識，不僅鄰長每到一家都得自我介紹，鄰居們也因沒有交流、互動，所以大家成了陌生人。

有鑑於此，後來改成每家輪流來收費。每次來收費的不管是夫妻檔或母女檔、祖孫檔，都會介紹自己住幾樓幾號，還有家裡的大概情形，並表示很高興和大家為鄰。自從用這個方式收費後，鄰居們有了接觸、閒聊，會知道哪家子女長居國外，家中有獨居老人，或哪家較弱勢，是低收入戶，需要大家多給予關懷。

由於多了互動，我們也無形中知道哪家先生對水電很專業，或對法律很有研究，鄰居們有了這方面的問題，可以請他們幫個忙。另外有幾位退休媽媽，認識後一同去租塊地種起蔬果來，每次採收時就分享給鄰居。也會把容易種的九層塔或紫蘇的小種苗分送大家，種在陽台上，下廚時隨時可摘取。

也有書法老師、家政老師或廚藝老師退休的，會利用午後涼爽時間，在里長辦公室免費教學。大家可以各取所需，選擇自己想要的，學上一技之長。

我們的社區就是這樣，大家和睦相處、相互照顧。雖然住戶大多是已從職場退休，但大家退而不休，發揮專業讓愛傳承。整個社區就像一個和諧的超大家庭，大家過著快樂幸福的日子。您說這樣的社區，不稱為「幸福區」，還有更好的詮釋嗎？

108.9.13《中華日報》

故事就從這兒開始

那天回南部，出了火車站之後，發現要搭的客運車，還需等五十多分鐘，為了打發時間，我逛進了車站附近的傳統市場。或許是近黃昏天氣涼爽，所以逛的人很多。

由於在傳統市場不僅可買到吃的、用的，偶爾還會發現一些食物之外的有趣故事，很能滿足好奇心，所以很多人把逛市場當作看故事的休閒。當我經過一攤擺滿了各種乾燥過的葫瓜攤子，發現葫瓜的形狀很多，有大有小，各異其趣，真是一樣葫瓜萬種風情。有的是一般葫蘆型狀，腰很細，上下身均勻；有的上身短小，下方圓大；也有整顆矮矮胖胖的；也有脖子短小、身體超大的……由於每一個形狀不同，當然所代表的故事也就不一樣。

為了要賦予每顆葫瓜新的生命和不一樣的價值，八十多歲的老伯伯，把家人種的葫瓜，挑出形狀較特殊的，成熟曬乾後，依著它的造型給予不同的設計。有的保存原來的駝色，有的漆上紫紅色或黑褐色。

有腰身的，就在腰上繫上有流蘇的紅色中國結，讓它古色古香。下方較圓大的，他刻上「有容乃大」或「藏愛」、「藏寶」。整顆方圓的，就刻上「天佑台灣」或「事事如意」、「招財進寶」等等吉祥字。反正顆顆都不一樣，卻同樣讓人眼睛發亮、愛不釋手。

老闆還可以當場客製化，幫客人想要在上面刻的字，花個三、兩分鐘就刻上去。看到一位年輕人選了一顆類似心型的紫色葫瓜，要老闆在上面刻上「妳是我今生的唯一」。老闆很用心地先把要刻的字寫在紙上，再和年輕人溝通，怎麼刻最合他的意。

當年輕人把刻著自己滿滿愛意的葫瓜，呈獻給一旁的女孩時，女孩感動得落下淚珠，讓在場的人忍不住地給予鼓掌祝福。

在一攤賣著手工布包的攤子上，我看到很多大小不同、設計新穎、款式時尚的布包，聽說是老闆娘自做自銷。所以她只要不忙生意就善用時間，把一些裁布時裁剩的邊邊角角，一小塊一小塊地接縫在一起，然後做成小錢包，把物盡其用發揮到極致。

就這樣，經過耐心和惜物的精神，把原本不起眼、被看成垃圾的碎布，透過巧手，把它縫成超可愛的精品，讓人忍不住地掏荷包買個做紀念。

看到客人搶著買，這些平時難得一見、既工整又有特色的小錢包，我終於知道「良匠無朽木」的道理。

在路口的轉角處，我看到有個攤位前，聚著一堆男女正在排隊，原以為是在賣什麼好吃的，走近一瞧，發現有位中年略發福的先生，正在幫人剪頭髮。聽說他原本在某飯店地下室開美髮廳，因飯店歇業了，一時無處可去。想要找個店面重新開張，不僅需要不少本錢，還不容易找到合適的點。靈機一動，到市場擺攤做生意，把省下的房租和裝潢費分享給顧客。

就這樣，有飯店級的服務，卻是地攤的收費，生意就超好的。想想，一把椅子加一支剪刀，就可做生意，又不用承擔房租壓力，多划算呀。

我一路走走停停，東西瞧瞧南北看看，逛了一圈市場沒買什麼，卻無意中看到，這些不同行業的人謀生的方式。或許方式不同，但他們對專業的認真和用心是一樣的，值得旁人尊重和學習。

真沒想到原本想逛的是記憶中只賣蔬果魚肉或小吃的傳統市場，如今會加入這麼多新玩藝兒，為新的故事做了起點，不僅讓市場活絡有特色，也滿足了行人的好奇心，真的非常有趣。

108.3《警友雜誌》

再忙也要讀本書

雖然我生長在農村，家中農事忙，一天能閒的時間不多，但是媽媽還是堅持：再忙也要讀本書。

或許是她從小看到外婆因不識字，把繳稅的日期耽誤而被罰，有時出門搭車，也因為不識字而坐過站或搭錯車。她看盡了因不識字帶來的痛苦，所以希望自己的子女能讀書認字。小時候，媽媽為了要培養我們讀書的習慣，每天忙完工作，一定陪著我們讀書。她身教言教兼顧，領著我們走入閱讀的世界。

除了學校必讀的教科書之外，隨著年齡的增長，她慢慢地帶著我們上書店，買一些適合我們閱讀的課外讀物。雖然家裡經濟拮据，但是媽媽為了滿足我們的求知慾，總是省吃儉用，擠出買書的錢，從兒童文學、歷史故事到名人傳記……

當我們長大後，媽媽還是陪我們逛書店，不過這時她不再過問我們選什麼書，而是尊重我們的選擇。因為每個人閱讀的喜好不一樣，有人喜歡文藝小說，有人喜歡古典文學……

由於很懷念從小媽媽陪著我們姊弟共同閱讀的歡樂時光，所以我有了子女後，也複製了媽媽的方式，讓孩子從簡單的繪本開始，看圖認字加上又念又寫。這個方法孩子們很喜歡，也很容易見到成果。時日一久，他們讀出興趣後，閱讀就成了生活的一部分。

當他們長大後，會涉獵不同的書籍，從國內的讀到翻譯的，從文學讀到專業的設計、科技、建築，甚至於醫學。他們透過閱讀來增加見聞，吸收不同領域的知識。

我常說，我們家都是書蟲，大書蟲生了小書蟲。大蟲小蟲一見面，聊的不是八卦或重大新聞，而是最近看了什麼書、有何心得，大家說出來分享。逢年過節時，我們給的紅包裡裝的是賀卡加上圖書禮券，希望透過這樣的方式，鼓勵家人多讀書。

雖然一家人每天都有忙不完的工作，但是我們已習慣忙裡偷閒，只要有機會就拿書閱讀。從點點滴滴的閱讀中，累積了不少的知識和經驗，不僅擴展了視野，也豐富了精神糧食。

很高興一路走來從閱讀中獲益良多，家人也因共同閱讀多了互動，情感變得更親密，所以再忙也要讀本書。

108.12.3《人間福報》

同學會後我們一起寫書

初中畢業五十年後，我們開了第一次的同學會。由於同學分開已半世紀了，從青澀少年到頭髮泛白，以及太多的無常變化，讓每個人除了驚訝之外，也體會出日子過得真不慢，怎麼才一轉眼，幾十年就過去了，大家都變老了，有的甚至於來不及相見就離開了。

或許是大家有感於分開這麼多年能重逢是件不容易的事，所以非常珍惜。為了怕以後來參加同學會的同學會越來越少。於是有人提議，大家一起來記下生活的點滴，然後收輯成書，分享給每位同學。這樣不僅透過書寫，讓彼此可以瞭解每個人的生活動態。可以分享的大家來分享；需要被幫助的，大家可以給予協助，讓這份同學之誼可以發揮到淋漓盡致。

而要出一本書，除了作品之外，還有很多後續的工作。誰來編排、校對、印刷，費用怎麼算，這些都需要不斷地開會溝通。偏偏大家住在不同的城市，要見個面很難，國內的還好，住國外的就更不方便了，幸好有網路相助，讓一切可以順利進行。

就這樣，一篇篇的生命故事，從四面八方紛紛湧進。有人懷念學生生活；有人記下職場的沉浮；有人記下如何在婚姻觸礁之後，重新站起來，讓自己活得有尊嚴和快樂；有人寫下婆媳的相處之道；有人把退休後的精彩生活，做了最詳實的記錄來分享大家。總之，每一篇都是感人肺腑的生命故事，它詮釋著多變的人生轉折。

作品收到後，已退休的幾位同學就開始負責整理編排。為了讓大家能分辨出五十年前的同學和五十年後的同學有什麼不同，就在每篇大作的前面，除了有大名和學經歷的簡介外，還搭配著當時的學生照，和現在的生活照做對比。所以透過照片，同學們很容易把過去和現在連結在一起。

把所有的作品收集後，分三個梯次修飾，字數太多的因礙於版面，就請作者縮減一些字數；照片不清楚的，再請作者重新提供。反正為了追求完美，編輯團隊總是盡心盡力，不僅出錢還出力。

就在大家共同努力下，同學們一起寫的書，終於如期出版。看著那由全班同學共同完成的書，我感動莫名。畢竟那裡有我成長的記憶，還有同學們有笑有淚的生活點滴，值得感謝和珍藏。

108.7.23《聯合報》

有計畫就有保障

我生長在要什麼沒什麼的家庭，從小看到父母為了養家，整天忙得焦頭爛額，即使吃盡了苦頭，一家的生活還是很難溫飽。我還是繳不起學費、生病無法就醫，一家人經常處在家無隔日糧的窘境。

或許是從小嘗過太多因沒有錢帶來的苦滋味，所以有了工作後，對於一年才有一次的年終獎金，我是非常的珍惜。心想，錢來得不容易，必須好好地善用它，以免造成浪費。通常我是把它分成三份，一份交給父母，因為父母養家不容易，算是分攤一些家用。一份留做醫療基金，因為花無百日紅，人無千日好，萬一哪天有需要時，可以派上用場，不至於束手無措。另一份我要把它存著，以備不時之需，我自認身邊有些存款，對我或家人來說，多了一份可靠的安全感，是一種最實際的保障。

我覺得年終獎金是薪水之外，多出來的一筆錢。或許有人會拿來吃喝一下，或買些自己喜歡的東西，甚至於出國旅遊一下，表示犒賞自己，我覺得都無可厚非，就看個人的情況。畢竟每個人的經濟能力不同，收入和人生觀也不一樣，因此使用的方式會因人而異。

總之，年終獎金得來不易，能夠慎重使用，為自己或家人做最好的安排，那是最好不過了。若沒有規劃好，糊里糊塗花玩了，會覺得很可惜，因為用完了就得等一年。

108.3.17《自由時報》，本文入選「年終獎金怎麼花」徵文

因分享而喜悅

又再一次地收到《講義》寄來的收據，才知道兒子又為受刑人訂閱了《講義》。

記得曾問過兒子為何會想到為他們訂雜誌，他說：「受刑人因失去了自由，難免會沮喪，若能讓他們有豐富的精神糧食，必定能找回信心，找回生命的價值。畢竟人性是善良的，沒有人不想學好，只是礙於所處的環境特殊，從小沒有人告訴他們哪些事是不能做的，才會不知不覺就誤入歧途。而充滿正能量且內容包羅萬象的《講義》雜誌，是最適合與外界隔絕的他們來閱讀的……」

知道兒子的心意我很開心。心想，他懂得把閱讀到的收穫去分享他人，讓更多的人透過閱讀來成長，那是多麼讓人開心的事。

108.8《講義》雜誌

一樣球賽兩樣情

這陣子世界盃足球賽，在俄羅斯如火如荼地展開。每天不管走到哪兒，都會聽到有人在聊這件舉世矚目的體壇盛事。

每次看到這情景，我就會想起八年前，也是在這樣暑熱的夏天，也是在舉辦世界盃足球賽，而外子正在某大醫院的加護病房，與死神搏鬥。加護病房一天只提供兩次的探病時間，每一次我都提早到，免得到時候人很多，會影響了探視的時間。每次在等候的時間裡，就會聽到一些來探病的人，在高談著球場上的一些狀況。

有人為自己看好的球隊加油，也有人為不幸敗北的球隊唉聲嘆氣，恨不得自己上場去踢一腳。

我覺得他們像場外的觀眾兼裁判，說得頭頭是道。一下子批這個反應慢，錯過了射球進門的黃金時間；一回兒又說那個高個兒真是神準，只要一抬腳，就把球隊踢進冠亞軍大賽，真是帥呆了。

我不懂球賽，聽不懂他們分析得精采與否，我只知道當時無助的我，最怕聽到的是甲隊把乙隊踢到淘汰了；或是原本不被看好的B隊，硬是狠狠把A隊踢出局。每次聽到出局或淘汰，我的心就像被錐子重重地戳了一下，是那種充滿不捨的錐心之痛。畢竟人生是單行道，出了局一切就結束了，不像球隊可以捲土重來。

很慶幸的是，在加護病房的他，和球場的球員一樣，憑著不服輸的堅強意志，努力地為自己爭取一線生機，加上醫護人員不眠不休的照顧，終於病情好轉，可以轉入普通病房，而且很快地康復出院了。

時光飛逝，八年轉眼而過，如今又是足球賽的季節，每天看著他開心地在看比賽轉播，偶爾我也會駐足一下，聽聽他的看法。這一次我是開心地聽，即使我是門外漢，我還是聽得津津有味。對得勝隊伍，我給予掌聲祝賀；對於不幸落敗的球隊，我同樣擊掌，因為他們都努力過，是雖敗猶榮。

我覺得敗了無妨，只要再接再厲、捲土重來，都有得勝的可能，畢竟球是圓的。

107.8.2

我那熱愛土地的雙親

作　　者／劉洪貞
出 版 者／揚智文化事業股份有限公司
發 行 人／葉忠賢
總 編 輯／閻富萍
地　　址／新北市深坑區北深路三段 258 號 8 樓
電　　話／(02)26647780
傳　　真／(02)26647633
E-mail ／service@ycrc.com.tw
網　　址／www.ycrc.com.tw
ISBN ／978-986-298-358-4
初版一刷／2020 年 12 月
定　　價／新台幣 250 元

＊本書如有缺頁、破損、裝訂錯誤，請寄回更換＊

國家圖書館出版品預行編目（CIP）資料

我那熱愛土地的雙親 / 劉洪貞著. -- 初版. --
新北市：揚智文化事業股份有限公司,
2020.12
面；　公分

ISBN　978-986-298-358-4（平裝）

863.55　　109019645